KB036849

저녁의 신

b판시선 57

이학성 시집

저녁의 신

도서출판 b

| 시인의 말 |

바람이 드세건 잠잠하건 당신께 드리는 청은 경건했다. 거두건 외면하건 당신과 함께한 일상이 이어져 이 기록으로 남았다. 그렇듯 당신이 내 일과에 수시로 깃들였음을 의심치 않으나 이것이 사람의 기록이어서 옳고 그름을 떠나 정직성과 치밀성을 장담하긴 어렵겠다. 더러는 당신의 뜻이 누락되거나 진위가 함부로 왜곡됐으리라. 경솔과 아둔함이 덧보태져 당신께 누가 됐으리라. 과오를 되돌리긴 이미 글렀으나 그렇다고 달라지랴, 이후로도 당신께의 경배는 저녁마다 숙연하게 이어질 터.

| 차 례 |

제3부

제1부

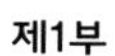

침묵

그는 천천히 어깻죽지의 날개를 제거했다
그로써 갈망하던 대로 착지를 얻었다
다음으로 그는 팔과 다리를 분질러 부동을 취했다
그러나 그것만으로는 부족했기에
기어이 눈을 찔러 멀게 하고
입과 코와 귀마저 샐 틈 없이 봉해버리자
비로소 오감에 휘둘리지 않는 의지가 그를 껴안았다
그가 바란 궁극이 그것이었으니
그의 선택이 옳다 그르다 우리가 관여하거나
판별하기는 적절치도 않거니와
이젠 그가 자유로이 허공을 떠돌던 영혼임을 알지 못한다
단지 그가 오래된 신비로운 언어를
마침내 터득했음을 감지할 따름이어서
제대로 알아들을 이가 고작 몇몇일까마는
지나가며 바위에 쫑긋 귀를 댔다가는
알 듯 모를 듯한 표정으로 걸음을 옮길 뿐이다.

기록자학교

체득해야 할 여섯 가지 미덕이 있음을 배웠다
간절한 심중心中,
꺾이지 않는 고집스런 펜,
고도의 집착,
투명하게 열린 귀,
균형 잡힌 시야,
종이 앞에서 격분하지 않는 냉정,
어느 것 하나라도 익힘에 소홀할 수 없는데
넷 이상을 갖춰야 도제
여섯을 이루어야 기록자라 호칭되며
그때서야 바람결에 흔들리는
버드나무 가짓수를 헤아릴 수 있다고 한다
그 단계를 넘어서더라도
다른 여섯 관문이 기다리고 있는데
고쳐 쓸 줄 아는 부단한 인내,
찢어버릴 줄 아는 용기,
주체적 해석,
말 등에 올라탄 비유,

문장의 올바른 가치판단 외에
제 키 높이만큼의 눈물로 얼룩진 종이가 쌓여야
기록자학교를 졸업해
세상 속으로 나아가 필사에 헌신하는데
그때서야 깊은 밤 강물이
뒤척이는 소리를 낱낱이 받아 적을 수 있노라 한다.

로랜드 고릴라

그때 대륙을 지배한 건 원시의 열대우림이었다
바다는 푸른 물감을 엎지른 듯 쪽빛으로 넘실거렸다
생명이 물을 건너와 숲으로 들어갔다
탐스런 과육들은 발견하는 무리의 몫이었다
언어나 도구 따위가 필요했으랴
이념과 반목이 싹트고
우상과 종교가 거들먹거리거나
공장과 학교가 지어지고
전쟁과 혁명이 태동하려면 한참 더 기다려야 했기에
자연이 병들 일이 전무했다
호기심 가득한 우두머리가 어느 날
야자수 넝쿨을 건너뛰며 갔던 곳까지가 국경,
그 너머도 대자연이었고
대자연이 아니고는 거룩한 신들 외엔 누구도 발을 딛지 못했다
천국이 있다면 틀림없이 그곳을 닮았을 터,
번번이 걸음을 부추기는 건 막연한 상실감일까
아님 선불리 무장한 우월감일까

어쩌다 후드득 빗방울 떨어지는 날에는
문명의 최초 수혜자답게
접이우산을 펴들고 저들을 만나러 동물원으로 간다.

고아

깊은 잠에서 깨어났을 때 그가 날 어루만지고 있었다. 덕지덕지 반죽을 이어붙이며 내 몸뚱이를 짓고 있었다. 소스라쳐 일어나려 했지만 그가 억센 힘으로 날 제지했다. 마지막으로 그는 숨을 불어넣기 위해 열중하고 있는 듯했다. 들릴락말락 헐떡거리는 그의 숨결이 내 정수리 근처에서 느껴졌다. 이윽고 그가 눈을 뜨라고 외쳤다. 그때 스르르 내 동공이 열렸으며 저 멀리서 찬란한 여명이 반짝거렸다. 다시 그가 소리쳐 명령했다. 천천히 일어나보라! 그러자 내 몸은 벌떡 기립하더니 네댓 걸음을 가볍게 걷기 시작했으며 그때 난 어디로든 미치도록 달려가고 싶은 충동을 억눌러야 했다. 썩 흡족한 듯 그는 의미심장한 미소를 지었고, 모든 걸 끝마친 듯 자신의 손바닥에 들러붙은 흙먼지를 탁탁 털었다. 그러곤 널 ADAM이라 이름 지었으며, 이 낙원이 네가 머물 곳이라 말하곤 냉담하게 자리를 떴다. 하지만 아무리 둘러봐도 그곳은 형편없는 황무지에 불과했다. 고작 빚다 만 흙덩이 몇 조각으로 대체 무얼 할 수 있겠는가. 모든 것이 막막했지만 그렇다고 그대로 있을 수는 없는 일, 잠시 궁리 끝에 난 스스로를 사람이라 부르기로 맘먹었고 순간 알 수 없는 벅찬 감정에 휩싸였다. 그래서 자유롭게 두 팔을 내저으며 막 큼직한 태양이 떠오르고 있는 낙원의 지평선을 향해 힘차게 걸어가기 시작했다. 그때 어디선가 한줄기 시원한 바람이 불어와 그가 내 뒤를 묵묵히 지키고 섰음을 깨닫게 했다.

성장기

들판 끝 멀리서 뽀얀 먼지가 피어오른다. 작고 어렴풋한 점이었다가 점점 뚜렷한 형체로 다가온다. 아랑곳하지 않고 아비가 마당의 장작을 팬다. 일정한 간격의 도끼질에 통나무는 결대로 조각난다. 낡은 캐딜락 한 대가 곧바로 농장 격문을 통과해 멈춰 서자마자, 애송이 같으나 키가 훤칠한 청년이 차에서 내려 아비 쪽을 향한다. 둘은 벅차게 끌어안는다. 벌써 사내가 다 됐구나, 청년의 뺨을 어루만지며 아비가 기쁘게 소리친다. 그제야 청년의 입술이 열린다. 나흘 뒤 오하이오 출신의 마가렛과 결혼해요, 우린 사랑하거든요. 둘은 격하게 다시 품을 맞댔다가 나란히 어깨를 겯고서 안으로 들어간다. 투명한 유리잔 두 개를 내와 아비가 넘치도록 선홍색 액체를 붓는다. 마땅히 축복받을 일! 한 차례 건배로 축하의 의미는 충분해도 이별은 짧다. 서랍을 뒤적여 아비가 뭔가를 꺼내 신부에게 전하라며 건넨다. 광택을 잃은 동그란 금속은 순간 반짝하며 실내를 밝힌다. 둘은 한 번 더 서로를 끌어안았다가 마저 잔을 비우고 밖으로 나온다. 이윽고 청년은 시동을 걸어 한 점 먼지가 되어 평원 너머로 사라지고, 그때까지 손을 흔들어주던 아비가 허릴 굽혀 발치의 연장을 집어 든다. 자유롭지 않다면 허울뿐인 영혼, 관습도 제도도 그러하겠다.

야생의 인디언소년

귀찮아서 수염이 자라도록 내버려둔 것인데
두 가지 놀라운 효과가 있어
누구라도 시빗거리를 피하고 싶어 하나 봐,
지하철 칸에서 껄렁하게 어깨싸움을 걸어오질 않아
그보다도 더 신기한 일은
벌거숭이 인디언소년이 괴성을 지른다는 거야
오오오오오! 아아아아아하!
당신은 해방된 인간이야, 따라와 발자국 추적을 나가자!
그러기에 앞서 이름을 가져야 해,
난 바람보다도 날랜, 누구나 그렇게 불러
당신은 환승역을 지나칠 뻔한 촌뜨기가 어때?
자유로운 영혼일수록 들떠서도 곤란하지만
꼭 기억해둘 게 있어
활로 겨냥할 때는 어린새끼들을 놀라게 해선 안 돼!
나무작대기를 마찰해 모닥불을 지피며
청년 어니스트 톰프슨 시턴이
일 년의 아홉 달 이상을 숲에서 버틴 것처럼
온종일 인디언소년을 따라서

구릉을 넘나들었지만 전혀 피곤하지가 않아
그러다가 배고프진 않아 물을 참이면
사랑을 알기라도 하는 근사한 눈빛을 짓고는
부락의 인디언소녀를 만나러 가야 한다며
중천의 달 오른 언덕 너머로 사라져가는 것이지.

산책하는 개와 주인

언어체계가 다르다는 점을 주목한다
과학이 벗기지 못한 신비의 세계가 산책길에서도 펼쳐진다
늦었긴 해도 신분을 차별하던 계급사회는 갔다
하인의 분뇨를 수거하는 상전을 봤는가
저들의 애정으로 미루어 가족관계가 새로워지고 있다
과장하자면 둘은 동격이거나
서로의 감정을 도탑게 공유하는 사이가 맞다
대전환적 기류에 끄덕이게도 하나
아직은 넘지 못할 장애가 있는 것도 같다
시대에 뒤처지는 건 분란을 싹 틔우는 밑거름,
몰지각한 세태가 근절되자면 멀었는가
반드시 목줄을 채우고 배변봉지를 지참하시오!
시민공원 입구의 푯말이 그 점을 날카롭게 꼬집는다
가타부타 남의 로맨스에 관심 가질 일이겠는가
검열과 단속의 시절은 얼마나 끔찍했나
각자가 다름을 수긍하는 것도 미덕이려니
바다 건너 아서 윌러드 프라이어라는 서양사람이 지은

〈휘파람 부는 이와 그의 개〉를 허밍하며
경쾌하게 홀몸의 자유를 만끽하며 앞질러 갈 따름이다.

코

논란이 불거지자 학계가 진화에 나섰다
유전학적으론 불가능하지만 돌연변이의 가능성을 배제하기 어렵다
과거 인류에게 있었다가 어느 날 갑자기 얼굴 한복판에서
신기루처럼 사라진 코,
추측과 이견이 난무했다
축복인가 재앙인가 음모인가 아니라면 뿔따구 난 신의 심술인가
최초 가설을 제기한 일군의 고생물학자들도
제대로 된 단서를 쥐고 있지 못했다
진실이 깨어난다면 인류학의 역사를 새로 써야 할 대사건,
왜 사십억 년 전 인류에게 그것이 있었으며
저들이 대기 중 잔뜩 널린 아황산가스 대신
절대적으로 양이 부족한 산소로 호흡을 고집했는가
연구자들은 우선 그 점을 주목했다
저들이 처했던 환경이 딱하고 보잘것없는 것이라 해서
무시되거나 소홀이 취급해서도 안 되며
보다 나은 미래를 위해서도 저간의 사정이 수면 위로

드러나야 타당했다

지금이야 얼마든지 코 따위 없이도 생존이 가능하나
언제 저 과거의 불행한 시간이 닥쳐
막무가내로 우리를 덮쳐 누를지도 모를 일이지 않은가
돌연 빗장을 걸어 잠그고 고대사 속으로 잠적해버린 코,
미력하나마 연구 동력을 제공한 건
가까스로 음질音質이 복원된 고대 어느 여배우의 영화 대사 한마디,
키스할 때 코는 어디로 가나요? 묻던 애잔한 목소리가
상상외로 연구자들의 궁금증을 충동질했다.

평평族

먼 바다 끝으로 가면 낭떠러지가 나온다
지구가 둥글다는 건 맹랑한 음모론
그릇된 잣대로 교화시키려는 과학의 꿍꿍이에 속지 말라
누가 뭐래도 지구는 평평하며
둥글려야 둥글 수가 없게 태초부터 존재했다
요약하자면 평평족의 신념이 이러한데
아직 저들은 장방형으로 이루어진 땅덩어리에 살고 있으며
어느 누구도 못 가본 낭떠러지 끝엔
바닷물을 집어삼키는 거대한 해양괴물이
아가리를 딱 벌리고서 기다리고 있노라 고집한다
그렇다고 저들의 주장이 해로운가
우리가 나치부역자를 색출하고 전범기에 진저리치며
언제까지라도 수요시위를 지지하는 건
떠올리기 싫은 과거의 잘못을 단죄해
불미스런 역사가 재발되지 않기를 바라서인데
고작 아마추어 천문학 동아리에 불과한 저들의 활동이
무슨 해악을 우리에게 끼치겠는가마는

세상이 공히 한 종족으로 뭉치길 원하는 건 아니어도
모든 집회와 결사는 보장받아 마땅하나
어처구니없이 공공을 위해危害하려는 움직임엔
평평족이건 둥글족이건 모두가 좌시할 수 없음이다.

낙타의 문장

생각이 막힐 때는 낙타를 업고서 사막을 건넌다고 상상하지. 검푸른 하늘에 박힌 뭇별들을 거룩한 안내자 삼아 닷새째 나가고 있으나, 말문이 트이기 전까진 낙타를 내려놓지 않으리라 다짐하지. 꼬박 낙타를 떠메고서 사구를 넘자니 발목이 모래 무덤에 빠지고, 위안을 구실로 단조로운 휘파람 소리를 내고 있지만, 업힌 낙타는 마치 몹쓸 병이라도 도진 것처럼 생기를 잃고 혼곤한 잠에 빠져 있어. 그러니 어서 마을로 낙타를 데려가야 해! 걸음을 멈추지 못하는 이유가 그래서라 상상을 서두르지. 아무리 병든 낙타라지만 순한 새끼 양보다 가벼울 리 있을까. 대관절 낙타를 업는 게 말이 되냐며 누구든 나서서 뜯어말릴 만도 한데 아직 그러는 이는 없어. 온종일 걸어도 낙타가 무겁게 침묵하는 까닭과 일평생 떠맡아 온 등짐이 얼마나 끔찍했을까 겪어보지 않고서야 어찌 알겠어. 끈질기게 재칼의 무리가 따라붙으려 하지만, 그래도 사막을 가로지르다 보면 언젠가는 낙타의 마을에 닿으리라 터벅터벅 행로를 고집하지. 행여 지치려고 해도 그의 마을에서 새겨지게 될 문장은 무얼까, 기대와 궁금증이 혼미해지는 상상을 가까스로 부축해 세우지. 그런데 알아? 누구든지 한 번쯤은 낙타의 문장을 얻겠노라 먼 길을 헤치는 상상이야 하겠지만 낙타라는 존재는 워낙 낯가림이 심해서 어설프게 다가가 등을 내밀었다간 아찔한 곤욕을 치른다는 걸.

화부

아득한 기적소리에 깨어나 새벽을 맞곤 해. 외줄기 가느다란 연기를 뿜으며 기차는 기억을 더듬듯 달려가고 있지. 싸늘히 엔진이 식어서는 기차가 멈춰서고 말 테니 화부가 삽질을 서둘러 석탄을 부어줘야만 해. 흑백의 판화인데도 화덕은 아주 시뻘겋게 달아올랐지. 얼마나 그의 일이 수고로운가는 팔뚝과 이마를 적시는 땀방울들이 대변해 주지. 그러기에 기차는 달려 먼 종착역을 향하는 걸까. 오래전 미술 수업 시간에 받아든 과제가 '땀과 노동'이었어. 누군가는 알알이 영근 포도송이를 거두는 농부의 손길을, 또 다른 급우는 짐수레를 끄는 시장 상인을 제각기 화폭에 담았지. 화부는 그중에서도 월등히 시선을 끌 만큼 솜씨가 남달랐고 주제를 충족하고도 남을 정도로 의도가 돋보였는데도, 왜 결과가 그랬는지 등위에서 밀려나 상을 못 탔지. 아직 난 화부를 새긴 아이의 시무룩한 표정과 흐트러진 도구들을 주섬주섬 가방에 챙기던 손짓을 기억해. 그때 일이 잊히려면 기차가 멈출 때까지 기다려야 할까. 지금도 기억을 헤집으며 기차는 달려가려 해. 빨갛게 달아오른 화구 앞에서 그의 화부가 연신 삽질을 서두르지. 덜컹대며 교량을 가로지르고 터널과 계곡을 거뜬히 통과해 갔는데도 아주 멀리서도 새벽이면 낮고 희미한 기적을 울리곤 하지.

떠돌이

빈칸의 똑같은 질문 앞에서 매번 막혔다. 성실히 답해야 할 근거와 이유를 어디서도 찾지 못했으니, 세상과의 첫 번째 마찰이 그것이었다. 다음날 조회 시간 전까지 제출하라고 교탁 모서리를 출석부로 딱딱 두드리며 담임은 못 박았다. 자가용 · TV · 전화 · 냉장고 · 피아노 유무 항목들은 놔두고라도, 부모의 학력 · 직업 · 가족 관계 · 혈액형 · 취미 등속은 관두더라도, 어찌 당시의 꿈을 끄집어 공개하라 윽박지르나. 납득은커녕 도무지 메울 수 없던 가정통지문의 장래희망 칸. 적는 대로 희망이 이뤄지기라도 하나. 어제의 사고가 오늘과 다르며 천 갈래 만 갈래 상상의 싹대가 잡풀처럼 쑥쑥 클 때, 담임은 교무실 창가에서 핏대를 세우며 답변이 극도로 불량하니 다시 써내라 꾸짖었다. 난 '떠돌이'라 쓴 칸을 지우개로 벅벅 문지른 뒤, 단호하게 '방랑자'라 고쳐 쓰며 질끈 어금니를 깨문 것도 같은데, 또다시 담임이 호출했는지 이후 기억이 망가져 가물가물하긴 해도 아직까진 그때 일로 실망하거나 포기하지 않았는지, 내일은 무슨 꿈을 꿀까 설레는 기대로 무언가를 찾아 떠돌고는 있다.

첫걸음

신의 능력을 검증하듯 그가 우리에게 왔다. 눈부신 이적처럼 성큼 연둣빛 정원을 가로질렀다. 끈질긴 간섭과 통제를 눕힌 용단이 분명했다. 도움과 배려를 걷어찬 진취적 발로임을 부인키 어렵고, 성숙과 독립을 갈구한 의지의 분출이라 해도 과언이지 않았다. 그때 그의 걸음을 떼어준 대지는 몹시도 격정적인 사랑을 앓고 있는 존재처럼 콩! 콩! 콩! 라단조의 건반 음을 우직하게 토했으며, 그 대지의 텃밭을 아우르다가 우린 끝까지 광경을 지켰다. 그는 스스로 균형의 필요성을 감지했다. 약간의 망설임 끝에 중력의 힘을 늠름히 거스르며 도약하기 시작했다. 아장아장 네댓 걸음의 거리, 경이의 끝 지점에서 그만 둔덕에 걸려 넘어져 호되게 코방아를 찧고는 그야말로 세계가 떠나가라 울음을 터뜨렸다. 그런데 어찌 된 영문인지 우린 웃었다. 달려가 일으켜 세우기는커녕 터지는 웃음을 막지 못해 서로를 바라보며 마냥 허둥댔다. 하지만 그날의 큰 울음소리, 그것은 그가 직립의 수혜자로서 역동적 후예가 됐음을 신과 대지께 아뢰는 웅장한 선언이었다.

상속

라벨을 떼지도 못한 겨울내의 한 벌
초침이 그친 시티즌 손목시계
도드라지게 매 쪽마다 붉은 밑줄이 그어진 성서
모서리가 깨진 앉은뱅이탁자
투박하게 헝겊 빛깔이 바랜 파나마모자
멀쩡하나 휜 물푸레나무 지팡이
꼬박 닷새를 걸어도 지칠 줄 모르는 하체와 끈기
또렷하나마 우수가 매달린 소년의 동공
아울러 가벼운 난청과 약시
매사 즐거워지려는 정서
온 세상 술병을 모조리 바닥내러 왔다거나
나무들 앞에서의 빈번한 경배,
마지막으로 무엇과도 바꿀 수 없으나
아직은 아비 고유의 것이 맞아
전적으로 물려받은 것이라 우기기엔 이른
묵직한 바위처럼 절제된 침묵의 언어.

제2부

고요

건물 어딘가에 그는 기거한다. 어쩌다 현관 층계참에서 어색하게 마주치기도 한다. 그러나 여태껏 인사를 나눈 기억은 없다. 누가 그의 목소리를 듣고 반색하거나 다가가 말이라도 붙인 적이 있을까. 움츠리듯 고개를 숙이고 그는 계단을 오른다. 섣불리 아무에게도 자신의 정체를 들키려 하지 않는다. 개미 한 마리도 해치지 못할 것 같은 경미한 걸음, 어디에도 그가 흔적을 남기는 경우는 드물다. 잔뜩 상심한 기색이 얼굴 한구석에 드리웠다거나 습관적으로 주위를 경계하는 눈매가 날카롭다거나 격앙된 순간이면 찌푸린 양미간 사이로 깊게 파인 흉터가 드러난다거나 어느 것 하나라도 그에 관해 구체적으로 기술하기는 어렵다. 이따금 그는 복도 창을 열고 바깥 동정을 기울인다. 한참 동안 무엇을 살피는지는 오직 그만이 아는 일, 그러다가도 인기척이 나면 복도 끝으로 종적을 감춘다. 왜 그러는가를 도통 알아채기 힘든 도사림, 대체 누구며 무슨 일로 여기서 배회하는지 아무것도 속단할 순 없지만 그는 이 건물 복도 끝자락에 거주한 지 오래됐다.

우주적 손

이따금 그 손에 관해 따져보곤 한다. 뻗노라면 어느 별에든 닿을 만큼 그 손은 길으리라 짐작하며, 펼친 손바닥 일부가 은하계를 통째로 덮어씌우고도 남을 만큼 널찍하거니와 태양 정도 크기의 별이라 해도 종잇장 구기듯 뭉개버릴 만큼 위력적인 힘을 지녔으리라 믿고 있다. 잊을 만하다가도 그 손이 다가와 내 어깨를 툭 건드리곤 하지만, 그렇다고 뭘 요구하거나 제시한 적은 없으며 아직 그 손의 주인과도 직접 대면하지 못했다. 대관절 그런 손이 있다니 명확히 소유자가 누구란 말인가? 당신이라면 꼬치꼬치 캐물으려 할 것인데, 왜 내겐 도통 보이지 않으며 그나마 한 번도 와주질 않지? 언젠가 그 손도 마침내 먼지가 되어 허공으로 돌아가는가, 다그치듯이 추궁하리라. 아쉽게도 당신에게 들려줄 단서는 미흡하다. 난 단지 그 손에 관해 전해 들었을 뿐 그걸 일러준 이가 누구인가도 지금은 아득히 잊고 말았지만, 여전히 그 손은 슬며시 다가왔다가 잠자코 돌아가고 마는데, 그 행위가 자비를 뜻하거나 평화의 상징이거나 아니면 우주의 절대적 무無 혹은 침묵의 질서를 대변한다거나 어떤 무언가를 분명 암시하고는 있으리라. 언젠가는 탁자 앞에 우두커니 앉았다가 그 의도를 제대로 해독하려 애썼지만 끝내 풀지 못했기에 지금도 궁리는 속절없이 이어지곤 하는데, 내게 그 손의 존재는 그럴진대 당신은 그것에 관해 어떻게 생각하는가.

친절한 모자

이 마을에서 모자는 하나의 풍속이다. 어딜 나서건 이 마을 사람들은 모자를 눌러쓰며 행색을 차린다. 누구와 마주치건 저들은 약속이라도 한 듯 모자를 벗어들고 인사를 건넨다. 처음 이 마을을 찾은 이는 친절한 모자에 낯설고 어리둥절해 하다가도 이내 익숙해진다. 모자는 곧 이 마을에서 교의交誼의 상징, 모자 말고 이 마을이 다른 마을과 구별되는 것은 딱히 없다. 들일을 끝마치고 돌아오는 농부처럼 이 마을 풍경은 평화롭다. 멀리서 보면 얕고 펑퍼짐하게 솟아오른 구릉처럼 이 마을은 꼭 둥근 모자 같다. 그것이 맞는 말인가 확인하고 싶은 사람은 몇 떨기 제비꽃이 수줍게 피어오른 마을의 들녘 길을 걸어가 보면 된다. 어디론가 구불구불 이어진 꽃길을 따라서 이 마을 사람들은 웬만한 거리는 걷는다. 들린 짐이 한 아름이거나 아주 먼 타지로 떠나야 할 때는 네 필의 조랑말이 끄는 마차에 오른다. 그렇지만 어떤 경우라도 길을 나서며 모자를 잊는 이는 드물다. 저들이 저마다 머리에 얹은 각양각색의 모자와 마을길은 제법 아름답게 어울린다. 언젠가 한때 내게도 썩 어울리는 모자가 있었다. 누구에게도 굽실거리지 않던

뻣뻣한 모자를 주점 탁자에 그대로 흘려 두고 돌아선 뒤 딱 인연이 끊겼다. 돌이키건대 왜 그것을 삐딱하게 얹고 다녔을까. 부끄러운 얼굴을 가리고 차갑도록 매서운 눈빛을 숨기기 위해서일까. 아님 누구와도 마주치거나 무엇에도 부대끼기 싫어서였나. 버려지듯 그 시절은 철저히 혼자였으며 미아처럼 외롭게 떠돌던 때였음이 분명하지만, 곰곰 떠올려봐도 시간이 야속하게도 흘러 명확한 까닭을 헤아리기 어렵게 되었다.

방문객

문턱을 넘어서자마자 그는 떠벌리길 즐긴다. 맹랑하긴 해도 엎지른 꿀단지처럼 그의 허언은 달콤하다. 놀랍도록 부드러운 혓바닥과 썩 듣기 좋은 목소리를 그는 지녔다. 주저 없이 비밀스런 이야기를 털어놓기 시작하는 눈동자는 얼마나 그윽하며 간절한가. 우물처럼 깊은 그 속에서 미처 숨기지 못한 그의 간교한 성품을 읽을 수 있다. 그럼에도 멱살을 움켜쥐는 손아귀의 힘은 어찌나 세고 우악스러운가. 그것에 붙들리면 일단 놓여나기가 힘들다. 분간하기 어렵도록 그는 매번 모습을 바꾸고 나타난다. 셀 수 없는 무진장한 것들이 그에게는 있다. 무엇이든 소유하지 못한 것들을 그가 다 지니고 있어 아쉬울 때가 많다. 악마들이 암약하는 연유를 그것에서 찾을 수 있겠다. 며칠 전에도 아무 예고 없이 그가 찾아왔다. 끔찍이 아끼는 내 탁자에 어물쩍 걸터앉아서는 자신을 미화하는 몇 줄의 글을 써달라며 막무가내로 떼를 썼다. 요구라곤 그뿐이었지만 딱 잘라 거절하지 못한 건 언젠가 내가 저지른 불의를 아직도 기억하고 있다며 협박하듯 그가 소곤거렸기 때문, 펜을 꺾어 멀리 내동댕이치지 못했으니 전적으로 이 글이 쓰인 이유가 그래서다. 그렇다고 파렴치한 거래 따윌 그와 일삼거나 외압에 흔들릴까마는 불길하게도 펜을 쥐고 있는 한 그의 방문은 빈번할 터, 내버릴 수 없는 펜이기에 안간힘을 쏟아 방비해야 할 까닭이 그것이겠다.

다리 밑 신화

태어나자마자 그는 강물에 던져졌으나 그때 물살 거슬러 온 오리 떼가 깃털이불을 덮어주고 어슬렁거리던 어미 늑대가 굴로 데려가 젖을 물리거나 화들짝 놀란 라파엘 천사께서 삼나무로 엮은 튼실한 바구니를 던져주신 것은 아니나 누구에게나 닥칠 시련이 괴수처럼 득달같이 덤벼든 것이 다를 뿐 그러니 아비가 누구며 심지어 어미 얼굴조차 모르며 자라야 했으나 그러니까 넌 다리 밑에서 주어온 애야! 난생처음 출생의 비밀을 접하고서 새까만 밤처럼 쉽게도 울어댔고 이다지도 혈육은 애간장을 졸이는가 화단 앞에 쭈그려 앉아 생의 비의를 풀려고도 애썼지만 까짓 운명 제대로나 맞닥뜨려 보겠노라며 에멜무지로 다리 밑에 나가 잠들어 업혀 돌아오길 밥 먹듯 했지만 자신이 겪는 곡절이 온실 속 화초처럼 곱상하기보다는 비루하고 막돼먹을수록 무던하게 크리란 식구들의 바람에서 비롯된 농弄인 줄은 먼 후일이 아닌 진즉에 깨우쳤으나 그럼에도 불구하고 차곡차곡 생기가 오르는 해마다의 봄이면 왠지 앞 강에라도 나가 누군가를 기다리며 서성거려야 하는 건 아닌지 자석처럼 끌리고 마는 까닭이 어떤 의미에서 따지노라면 그가 아직도 신화의 시대에 속해 있으며 거칠건 잔잔하건 격랑의 풍파를 모조리 헤쳐가고 있음의 방증이리라.

저녁의 신

알맞은 어느 저녁 당신께서 찾아오셨다. 손때 묻은 지팡이를 문가에 세우더니 나직이 저녁 한 끼를 청하셨다. 어디서 그런 겸양한 음성을 듣겠는가. 갑작스런 당신의 현현顯現에 식구들 모두가 크게 놀랐다. 그럼에도 아비가 침착히 나서 당신을 식탁으로 안내했다. 때마침 부엌의 화덕에서는 스튜 냄비가 괄게 끓어올랐고, 당신께서 막 앉자마자 실내의 등불이 환하게 타오르기 시작했다. 당신은 불빛이 어룽대는 식구들의 얼굴을 찬찬히 바라다보시곤 제일 수줍어하는 아이를 가리키며 나이와 이름을 물으셨다. 그러곤 붉게 달아오른 막내의 뺨을 어르며 가정의 화목을 축원하셨다. 허름한 식탁 위에 놓인 음식들은 기름지지 않아도 저마다 정갈했으며 질그릇 부딪는 소리가 이따금 창밖을 떠도는 바람소리와 어울렸다. 어느덧 식사가 끝나갈 즈음 아비가 무거운 입을 열어 어디로 가시나이까, 하며 당신의 행로를 물었다. 당신께서는 갈릴리 호수 너머의 나사렛으로 향하는 길이라고 하셨다. 그러나 우리 마을에서 그곳까지는 얼마나 먼가. 더군다나 어두컴컴하게 밤이 깊어가고 있지 않은가. 그렇지만 당신께서는 우리의 만류를 뿌리치셨다. 이윽고 숙연한 저녁기도를 마치고는 지팡이를 찾아 짚으셨다. 당신의 그윽한 눈동자 속에 애타게 그곳에서 기다리고 있는 이들이 내비쳤다. 아쉽게도 만남은 길지 않은 시간, 언제가 될지 훗날의 재회를 기약하기도 어려웠다. 컴컴한 바깥으로 향하는 당신께서는 아무것도 신지 않은 차가운 맨발이었다.

견자

궁리 중인 창조주의 자세가 꼭 저러했으리라
생명체로서의 고결한 정적이랄까
심오함을 파고드는 고집스런 구도자랄까
시간의 흐름 따윈 아예 안중에도 없노라 초월했다거나
그렇다고 움직이길 싫어하는 것과는 연관이 멀고
그러고서도 생이 이어지다니
도통 모를 놀라운 능력을 숨긴 것 같아
가려진 신비란 그런 차원이겠으며
혐의를 씌우거나 단서를 밝히기는 곤란해도
세계의 전모쯤은 너끈히 간파한 듯하고
문명에 예속됨은 한사코 마다하는 몸짓 같기도 한데
혼자 밥해 먹기가 왠지 귀찮아져서
이른 저녁을 사 먹고 돌아올 때까지 길목을 지키며
경계하는 기척조차 푼 고양이 한 녀석,
맨바닥에 앉아 있기엔 아직 한겨울이잖아, 말을 건네려다
이어폰 속에선 프랑스 여가수 마리 라포레가
전성기 때의 육감적인 성량으로 비앙! 비앙! 절규하며
백 코러스와 악기들마저 반주에 가세해

막바지 피날레로 휘몰아치고 있었음에도
어떻게든 저 부동자세를 허물어선 안 되겠기에
조심스레 플레이어의 멈춤 버튼을 누르고
멀찌감치 간격을 벌리고서 지나쳐와야 했다.

두 대의 기타

내 다락방에 두 대의 낡은 기타가 있어
묵은 먼지를 덮어쓰고서 까맣게 잊혔다가도
소낙비라도 쏟아지려는 어둑한 오후면
한꺼번에 튕튕거리며 튜닝 음을 내곤 하지
그런데 가만 기울이고 있으면 말야,
둘의 연주가 빗줄기를 탄복시키듯 어울리면 좋으련만
심각하게 우울했다가도 이내 밝아지고
멀리 달아나려다가 왠지 돌아서고 말듯이
낡은 기타가 록 주법으로 거친 파열음을 튕기면
좀 더 낡은 기타가 부드러운 세고비아식 탄주를 고집하지
진즉부터 저들이 조화롭기를 바랐으나
두드러지게 강한 개성이 탈이라서 포기할까도 했는데
그렇지만 밤과 낮이 반반씩 공존하듯
일과 휴식이 각기 딴 몸이 아니듯
어느 편을 더 감싸거나 탓하지는 않아,
언젠가는 불협화음을 깨고서 괜찮은 듀엣을 이루리라
해와 달이 번갈아 옥좌를 양보하듯
아름다운 화성이 감미롭게 흘러나오리라

꿈같지만 기대를 아직 걸고는 있어서
빗소리가 잦아들길 기다렸다가 다락에 올라
현이 늘어지지 않도록 죔쇠를 조이곤 하지.

브로큰하트 밸리

같은 지점에서 아이들은 억지를 부렸다. 더 걷길 바라는 건 무리한 요구가 아니냐며 바닥에 주저앉았다. 초라하게도 호흡기관을 매단 생명체라면 폐활량의 한계치가 드러나고 마는 너럭바위 자락. 이봐요 대디, 심장이 터질 것만 같아요! 그럼 도우터들, 오 분가량 쉬었다가 오를까요. 가만 놔두면 새끼어치들처럼 마냥 재잘거리는 녀석들. 익히 아시잖아요, 우리 꿈은 안나푸르나를 필두로 히말라야 14좌에 깃대를 꽂으려 하는 알피니스트와는 거리가 멀고요, 건강을 빌미로 가녀린 여식들을 산꼭대기까지 몰아붙이는 행위는 학대나 다름없는 반인륜적 범죄라는 걸! 분연히 경고성 질타로 호소력을 발휘하며 압박해왔지만, 〈이곳은 브로큰하트 밸리, 서두르다간 심장이 찢겨 낭패를 볼 수 있으니 주의 바람!〉 뒷사람들을 배려해 푯말을 매달자 제안하곤 앞다퉈 산마루의 구름을 잡겠노라며 내달려갔다. 점차 학년이 높아 갈수록 너희가 산을 찾는 횟수도 줄었으리라. 아직 거기서 파열된 가슴을 부여잡고 고통스러워하는 이 만나지 못했으나, 여기 혐의를 시인하는 아동학대범 도주하오! 싱겁게 외치며 지나가곤 한다. 그래 구속되기 전 낱낱이 자백하마.

난 의도적이건 암묵적이건 강철 같은 체력과 의지를 심어주며 자연친화적 인성을 주입시키려 했던 게 아니라 너희와 함께 할 수 있는 시간이 정말이지 그러려고 그랬던 것이 아닌데도 팍! 심장이 터질 지경으로 끔찍하게 모자랐어.

전설의 설거지王

전권을 위임받기까지 아비가 겪은 곡절을 필설로 다 옮기긴 무리겠다
자질을 입증하려면 숱한 난관과 고비를 넘어야 했으니
칼바위 복판에 박힌 보검을 뽑아야 했음은 물론
철갑비늘을 두른 검은 용의 허리를 단칼에 두 동강 내기도 했노라
그제야 찌푸렸던 하늘에서 먹운이 걷히고
사납게 울부짖던 뇌우가 잠잠해지며 계시가 내렸다
천 리 밖 영토로 백마를 몰아가
혼돈을 획책하는 무리를 벌하여 내쫓고
질서와 조화가 깃들인 새 왕국을 건립하라
마땅히 바닥에 엎드려 신탁을 받들며 다짐했노라
만민을 하늘처럼 섬기는 통치로 전설을 쓰리라!
딸들아, 막중한 책무를 누군가 대신 짊어질 수 있으리라 짐작하느냐
함부로 王의 주방에서 성스러운 고무장갑을 끼려고 얼씬거리다간
한 가닥 햇살이 들지 않는 뾰족 성탑에 평생 갇히는 고역을

감수하거나

살아서는 빠져나오기 힘든 외딴섬으로의 유폐를 피하지 못하리라

어서 각자의 방으로 물러가 왕가의 후예로서 겸양된 품성을 연마함에 진력하며

그마저도 싫증이 일도록 행했다면 내일을 위해 차분한 휴식을 얻을지어다

늦도록 쟁그랑거리던 접시들의 소란이 싱크대에서 그쳤다는 건

전설의 지존께서 새날에의 대비를 엄격히 단속했음이 아닌가

언젠가 등잔의 기름이 다하듯 짐이 천하를 저버릴 시

너희 중 누구든 격식과 절차에 따라 유업을 이어가리니

그때가 되어서 정돈의 가치와 쓸모, 일상을 단란케 하는 행위의

거시적 의미를 깨우친다 해도 동동 발을 구르며 늦었다 탄하지 못하리라

그럼에도 감히 역린을 건드리며 모반을 꾀하려 든다면

물기가 채 가시지 않은 고무장갑을 슬기롭게 벗는

마흔여덟 가지 비책을 도해로 풀어서 수록한『帝王秘術總攬』을 반드시 찾아 쥐어야 하며

그에 앞서『개정살림학全書』『정결의 美學』『행주 삶는 늙은 낙타』『히스토리에 데 라 셰프』『어느 접시닦이의 몽상』『그대 다시는 주방을 등지지 못하리』『스트레스를 날리는 세척술』『악마에게 살림을 맡기면』『당신 부엌에 드리운 달빛』 등

관련서를 죄다 긁어모아 능히 암기할 정도로

차근차근 내실부터 다져야 함이 꼭두새벽 먹이를 찾는 어린 새처럼 현명할지라.

전령

신호가 바뀌길 기다리다 목격했다. 당장이라도 깨질 것처럼 머리통은 지끈댔고 뒤집힌 속은 울렁거리고 있었다. 밖을 나섰어도 주인의 학대를 견딜 수 없노라 발악하는 하인들, 지난밤 술자리는 과했다. 저들의 청원이 틀리다 하지 못할 정도로 끔찍했다. 잇단 송년모임의 후유증을 저주하며 길을 건너다보니 무슨 책인가를 펴들고 사내는 읽고 있었다. 바람이 펄럭거려 책을 넘기기도 힘든 판에 지나치게 사내는 태연한 얼굴이었고 지척엔 황금빛 박스더미가 쌓여 있었다. 곤두박질친 영하의 날씨로 인적이 드물고 게다가 성탄전야가 아닌가. 지나친 뒤에야 생각했으나 걸음을 되돌리기엔 지친 몸뚱이가 따라주질 않았다. 얼이 나간 육신을 달래가며 목욕을 마쳤을 때 알았다. 마련하지 못한 아이들의 선물로 털장갑을 고르려면 시내 거리를 돌아다녀야 했고, 그러려면 노점 사내와 마주친 길로 돌아가지 못할 게 뻔했다. 아무런 계시라곤 없었다. 단지 그가 부지런하며 누구보다도 열심히 사는 사람이라 짐작될 정도였다. 아니라면 거룩한 밀서나 축복을 전달하러 온 신의 전령은 아니었을까.

CCR 형들의 노래를 권함

네 가지 호사를 동시에 누리려는 이에게
눈앞에 목성 띠가 번쩍할 만큼의 통증은 감내할 만하며
한눈판 수호천사를 책망해선 몹쓸 일일 터
모처럼 몇 푼 원고료가 통장에 들어와
음반을 얹고 고길 구며 술병을 따려는데
떠나간 옛 애인이 불현듯 전화를 걸어와 끊으려 않고
딴 애인이 불쑥 현관문을 따고 들어서려기에
제지하려다 식탁의자에 걸려 발가락이 꺾기는 순간에도
불판 고깃점은 익다 못해 검게 타들어 가고
아뿔싸, 침대 속 애인이 누구냐며 고갤 내밀어도
때맞춰 형들의 노래가 흘러나와서
어 이건 Lookin' Out My Back Door잖아!
서로가 어깨를 들썩거리며 통성명으로 잔을 부딪곤
시동을 걸듯 Long As I Can See The Light의 후렴구를
저마다 발장단과 경쾌한 콧소리로 호응하다가
배기량 1,800시시의 할리데이비슨에 실려
실크머플러를 멋지게 바람결에 휘날리며
어딘가로 멀리 더 멀리 함께 떠나갈 수 있다는 것

만일 우리가 안타깝고 측은하게도
외로움을 모르는 극히 평범한 섬이었다면
몇 모금 쓰라린 눈물 같은 술과 어울려
한바탕 세상을 꾸짖고 타이를 노래가 태어나
권위와 위선의 멱살을 쥐고 맞장뜰 수 있었겠는가.

모성적 발로

프라이버시상 소년의 이름을 밝히긴 곤란하다. 엄마보다도 제 이모를 더 따르는 아이라고 알면 된다. 걸음마를 갓 뗄 무렵부터 씻기고 갈아입혀가며 애지중지 키운 이가 이모다. 그러니 더러 이모 앞에서 바지춤을 내리며 허물없이 군다. “이걸 어쩌지? 이모, 고추가 곧추서서 변기 밖으로 소변이 흘러넘쳐!” 어떤 고민이든 이모는 진지하게 들어주고 엄마다운 해결책을 낸다. “그건 자연스러운 생리현상이자 건강하단 증거, 넌 이다음 건실한 남성으로 사랑받게 될 거야. 기억하렴, 언제든 고추가 곧두섰을 땐 즉각 엎드려 용수철처럼 팔굽혀펴기를 다섯 번 해!” 소년이어서 쑥쑥 크고 있고 언젠가 마주친 얼굴 상수리나무 꼭대기에 걸린 별살만큼 해맑았다. “한데 만점짜리가 반에 수두룩할 텐데 수학 문항을 둘씩이나 틀렸다는 건 납득가지 않는다.” 타인의 가족사에 멋대로 끼어들다 봉변을 치르더라도 이 순간 이모를 두둔하긴 글렀다. 용변을 누다 말고 소년이 이마를 찌푸린 것도 같은 맥락이겠으나 이번만큼은 모성성의 본능적인 발로로 용인한다. 지금 점수 따위가 대수랴, 성큼 많은 날들이 멀리서 오고 있다. 누구도 갈라놓지 못할 저들의 나날이 슬기로우며 창창하길 빈다. 시냇물처럼 졸졸졸 흐르는 소년의 오줌 소리 귓전을 맴돈다.

두꺼운 책

내가 아는 소녀는 시냇물 소리를 사랑했네
여미듯 개울가에 앉아 책 읽기를 즐겼지
아직 난 또렷이 기억하고 있네
소녀가 책을 읽어야 앞 개울은 소리를 내며 흘러갔지
그 여울의 나무 그림자 아래,
그곳에서 부쳐온 소녀의 편지를 간직하고 있네
세상은 참으로 두꺼운 책이어서
함의와 귀결이 제각기 달라진다 해도
시냇물처럼 끝까지 읽어가야 해요,
간략하나 단정한 글씨가 거기 씌어 있지
세월이 아무리 흐른들 편지는 버릴 수 없어
어디에도 마음 둘 곳 없는 날엔
벽장 속 상자를 꺼내 겉봉을 열곤 하지
그러면 갈래머리 소녀가 떠오르고
슬그머니 책갈피를 넘길 적마다
흐르던 여울물 소리가 어울려 새어 나오네
그 소리는 세상의 귀를 적시고
먼 우주 끝으로 지금도 흘러가고 있지

그러니 소녀는 여전히 개울가에 앉아 책을 읽고 있다네
언제가 돼야 마칠지 모르는 두꺼운 책을.

새가 물어온 저녁

펜을 집어 들어서 어둑새가 내려앉는 걸까
아니 해거름이라서 골똘해지려는 걸까
어찌 됐든 아무렇게나 첫 줄을 시작하고 싶진 않아
이미 글 제목부터가 비문非文 같아 못내 거슬려
특별하게 허용되는 비유적 장치라 해도
어떻게 저녁을 새가 물고 올 수 있는지 영 글러먹었어
무턱대고 휘갈겨 쓰는 건 무책임해,
안일한 태도로 저녁을 맞아들여선 곤란하지
그러고도 어둠이 평화로운 종소리처럼 깔리겠어
낮은 등을 켜 들고서 빵과 포도주를 마련한대도 무색하겠지
누군가 이쯤에서 몇 소절을 불러줄 만도 한데
하마터면 놓치거나 빼먹어선 안 될 대의를
또박또박 받아 적을 때의 감흥이라니!
아직은 그가 당도하기엔 일러
얼마나 첫 문장을 그가 공들이는데
어긋날까 차분하게 가다듬으며 수사를 고르잖아
조바심 말고 이슥해지길 기다려봐,

귀소하는 새들이 무사히 둥지로 깃들이고서야
백지 위에 흩뿌려진 잉크 방울처럼
골몰해진 상상이 다가와 저녁을 물들이겠지.

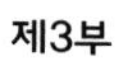

제3부

부러진 나무

막바지 험로를 지나가려면 그가 필요하다. 누구도 그의 힘을 빌리지 않고서는 협곡을 통과하기 힘들다. 깎아지른 비탈을 오르느라 턱밑까지 숨이 찬 이들에게 그가 유일한 희망, 애석하게도 그의 불행이 여기서 비롯됐다. 내처 외길을 가로막았다는 것, 의외로 점거가 장기화됐다는 것. 정상에 닿고자 하는 누구나가 간신히 그를 짚고 비좁은 통로를 빠져나간다. 반들반들 산객들의 손때가 탄 그의 몸, 어느 해 극성스런 뇌우가 그의 허리를 동강냈다. 성치 못한 그의 하체에 수십 차례 내 손때가 묻었음을 부인할 수 없다. 산객들은 그곳을 벗어난 뒤에도 길의 험악함에 분개하며 두 번 다시 뒤돌아보지 않는다. 저들 모두가 지나간 뒤에도 그는 후속임무를 기다리듯 여전히 꼿꼿하게 서 있다. 지루한 여름 절기가 끝나가도록 풋풋한 이파리 한 장 생산하지 못하는 生, 그렇다고 해서 그가 끝장난 것이라고 단언할 수 있으랴.

나귀와 오름길과 호수

고요에 닿는 가풀막이 있지. 맘 어둑할 때면 그리로 오르는 외길을 떠올리네. 그 길 끝자락에 파랗게 누운 호수가 있어. 아무도 쳐다보지 않을 때 그 호수의 물은 에메랄드빛으로 출렁이네. 몇 번인가 그곳에 이르렀어도 바닥의 깊이는 알지 못하나 수 세기 전 옛사람처럼 어디선가 비쩍 마른 나귀를 얻어 타고 그 길을 오르지. 어수선한 머릿속에는 지난밤 꿈들이 주마등처럼 꼬리를 물고 고집 센 나귀는 제멋대로 길을 헤치려 들지. 그렇건 말건 엉킨 꿈들을 다 해석할 무렵 나귀에서 내려 바투 고삐를 쥐고 비탈을 올라야 해, 그 길은 줄곧 오르막이니까. 턱밑까지 차오른 숨소리는 나무 군락을 헤치며 숲으로 흩어지고 풍성하던 햇살은 언제부턴가 시들어 서늘한 공기가 코끝을 스치지. 바위 등성이 뒤편엔 고스란히 지난 계절의 눈들이 쌓여 있어 계절감을 잃기 쉽고 길쭘하던 나뭇잎들의 생김새가 창끝처럼 날카로워질 즈음 이윽고 눈앞 가득 호수의 정경이 펼쳐지네. 몇 그루 나무 그림자를 수면에 드리운 호수. 투명한 물에 나귀가 다가가 목을 적시노라면 그걸 바라보는 동안 맘속을 누르던 것들은 온데간데없이 사라지고 이내 타고 온 나귀마저 사라지고 짙푸른 호수도 곧 시야에서 사라지고 말지. 세상에 그보다 고요한 곳은 없지만 일러주려 해도 그러기 어렵네. 애초에 맘 한편의 길이었을 뿐 그 끝자락에 일렁이는 호수 따위는 있지 않았지. 그렇지만 눈 감으면 그 오름길이 떠오르고 말 안 듣는 나귀는 어서 오르자며 짓궂게도 제 등을 내밀지.

처방

절박한 심정이 아홉째 병원으로 끌려간다. 한밤중 히드로 공항을 떠나 열일곱 시간의 비행 끝에 트랩을 내려 입국 심사대로 향하는 피곤감, 시차를 적응하고 슈트케이스를 쥐기까지 정신을 붙들고 있어야 한다. 아니, 간곡한 연기를 진찰대 앞에서 펼쳐야 한다. 수포가 된 여덟 의사의 앞선 치료 내역을 밝히는 게 우선, 스테로이드 주사제의 투입량과 항히스타민 계열의 알약을 얼마나 삼켰으며, 그럼에도 호전은커녕 잠 못 이룬 나날의 고충, 당신의 명성을 이제야 듣고 한달음에 달려왔음을 토로해야 한다. 뜻이 통했는가, 늙은 의사가 정중하게 탈의를 요구한다. 카디건 단추를 끄르고 셔츠와 내의를 벗고 알몸을 드러내자 확대경이 다가와 돌기한 곳곳의 종기를 탐색한다. 이번이야말로 근원이 정체를 드러낼까. 지푸라기라도 붙드는 심경인가 예감이 적중될까 두려워서인가 숨소리마저 잦아든다. 음, 이토록 곤혹스런 마음을 여태 놔뒀군요, 그래가지곤 어떤 약물도 먹히질 않소! 순간 뺨과 이마가 후끈거리며 슬로모션으로 여럿의 얼굴이 번갈아 떠올라 교차한다. 하나씩 뇌리에 부각된 얼굴들이 의사의 망막에도 맺혔는가. 애써 발설할 것까진 없소, 나무라는 표정이던 의사가 이윽고 목소리를 차분히 낮춘다. 이봐요 잉글리시 페이션트, 과거 내게도 쥐어박고 싶은 작자가 수두룩해서 꼽자면 다섯 손가락으론 모자랄 정도였소!

자신에게만 관대함

젊은 애인의 간섭과 핀잔이 지나치다
샤워시간이 기니 피부가 망가지고 수도요금이 가중되죠
가급적 오후커피와 흡연은 빈도를 줄이세요
모니터와 간격이 가까울수록 거북목이 된다잖아요
하루쯤 청소기를 못 돌린대서 어찌 되지 않으니
따가운 음악소린 좀 적당히 낮추고
거르지나 말고 비타민제를 챙겨 드세요
너무 센서티브해서 어떤 땐 숨쉬기조차 난처하다니까
배울 만큼 배우고 이치를 깨우쳤다면서
백패스가 맘에 안 들면 직접 뛰거나 감독을 맡지
줄곧 고요의 미학을 고집하겠다는 이가
거실이 떠나가라 아주 요란하게 축구중계를 본다니까
프랑켄슈타인처럼 변하는 괴물에게 친구가 있겠어
솔직히 나니까 봐주며 참고 견디죠
머리 쪽부터 눌러 짠다고 치약튜브가 새기라도 하나
고약한 이중잣대가 애들도 피곤하게 만들잖아요
처음 만날 때의 박애주의자는 어디 가고
받겠다던 세례는 왜 번번이 미루며 뜸들이죠

알량한 애정에 그나마 잔소리라도 쏟지
지겹거든 보따릴 싸들고 집을 나가시던가
아무리 성격이 안 바뀐다지만 갈수록 비위 맞추기가 곤란해
진즉에 딴 길로 갈라서야 옳았다니까
자칭 신의 심리까지도 꿰뚫을 줄 안다면서
어떻게 타인에게는 너그럽고 상냥함을 저버린담!
민망함을 무릅쓰고 널리 공개하는 저의가
동정심을 유발함이 아님을 다들 간파했으리라.

서사적 애인

척결하지 못한 과거사 관련뉴스에 극도로 분개한다. 거르지 않고 매달 일정액의 급여를 떼 궁벽한 언론사며 결식아동 후원금을 내는 걸 보면 여간 기특한 게 아닌데, 이상과 현실 어느 쪽을 더 편들거나 외면하지 못해서이리라. 무엇보다 다행스러운 점은 혐오하는 정치인이 다수임에도 놀랍도록 서로의 명단이 일치해서이니, 이를 두고 어찌 하늘이 떠민 인연이 아니라 할 수 있을까. 실없는 척 명품가방 따윌 사달라며 애걸했다면 대번에 걷어차고 갈라섰으련만, 푼돈 같은 원고료 수입으로는 에코백 하나 들려줄 처지가 못 됨을 아니 제법 가난과 문학의 근친관계를 이해하고 있는 것도 같다. 어울려 퍼마시기보다는 상대 잔이 비진 않았나 살펴 채워주는 센스, 담배연기라면 새파랗게 질색을 해도 같은 날 함께 죽기를 바라니 순장 풍습이 사라진 마당에 과잉된 순정이 아닐 수 없다. 과분해 당장이라도 떠나보내려 하나 말을 꺼내기도 전에 울음보를 터뜨리고, 달콤하기는커녕 쓸개즙만큼 씁쓰레한 날들이 닥치리라 엄포를 놓아도 바싹 가슴팍을 파고들어 낭패스럽게도 한다. 우리가 사무쳐 만난 지 얼마나 오래인가. 저 수백 년 전 도읍지에서의 옛 시절을 기억한다. 밤늦도록 넌 길쌈을 하며 누군가를 기다리고 있었고, 난 주막 탁자에 골똘히 턱을 괴고서 쓰다만 別曲을 매듭짓고 있었다. 이슥토록 달빛은 청량하게 기울어 가나 향후의 시간은 캄캄한 미궁이다.

초대통감의 십대훈령

제1령: 강압적으로 저들의 언어를 말살하기보다는 뛰어난 우리말의 우수성을 널리 설파해 저들 스스로가 이로움을 알아 사용토록 장려한다. 제2령: 제반 교육을 거부하거나 앙심과 반기로 말썽을 일삼으려는 불령인들은 체포 구금해 지옥에 버금갈 각종 고문의 피폐를 본보기로 경험케 한다. 제3령: 상시적으로 산물을 갹출하고 공출미를 거둬 절반은 구휼로 잔여분은 지진 등 만일의 재난에 대비한다. 제4령: 항구적으로 군대와 무력은 보유하지 못하나 비상시 전투 인력과 학병을 징발하되 마구잡이로 애국심을 강요하거나 개개인의 권익이 훼손돼선 안 된다. 제5령: 어떤 사유라도 미개 집단에서나 꾸려갈 위안부 제도는 철저하게 운용을 금제하며, 어길 시 특별치안재판에 회부 톡톡히 단죄하리라. 제6령: 과거 군수물자 생산 지원에 동원된 탄광 항만 병참 시설은 고스란히 실체를 보존해 군국주의의 민낯을 알리는 산교육의 장으로 활용하라. 제7령: 전범의 수괴들이 합사된 신사는 해체해 더 이상 공물을 바칠 수 없게끔 하며 즉시 왕궁과 함께 녹지공원으로 조성해 일반에 개방한다. 제8령: 평화의 상징물로 각 가정마다 원숭이를 양육토록 권장하며,

아울러 바나나 속성재배 등 관련 산업을 육성시키되 임금 및 복지와 후생 면에서 내지인과 차등을 두지 않는다. 제9령: 역사를 잊은 민족에게는 암울함 말고는 따로 미래가 없음을 계도함과 동시에 모자라다 아니할 만큼의 인류애를 고취 함양시켜 나간다. 제10령: 충분한 반성의 기미와 개전의 정이 보인다고 판단될 시에야 비로소 식민통치를 거둘 것임을 하늘과 땅과 바다에 천명하는바, 이로써 저들의 아둔함을 깨쳐 동양의 질서가 구현되고 사해동포적 정신이 누리에 깃들리라 믿어 의심치 않으니, 위 모두가 선열들의 남다른 희생과 피땀으로 얻어진 결과임을 망각치 말라.

표적

격노한 총탄이 내 정수리를 노리며 날아온다
빗나가길 빌지만 겨냥이 썩 출중하다
용솟듯 붉은 피가 관자놀이를 적시기 전
이격된 거리를 삼키며 연달아 두 발의 총성이 울린다
누굴까 제국의 심장을 겨눈 사내
얼마나 뜨거운 증오가 불타올랐는지
아니 흥분조차도 차갑게 얼려버린 적개심과
태산도 무너뜨릴 저 두둑한 배포,
재고 또 재며 치밀하게 거사를 모의했으리라
절대 먹잇감을 놓칠 리 없는 표호 같은 눈매에 어울리게
제법 근사한 콧수염이 도드라져 보인다
明治 四十二年 시월 스무엿새,
오늘의 요행도 고스란히 제거됐으며
나라를 빼앗겼다면 내 울분도 저러했을까
그렇담 이제야말로 내가 서둘러야 하는 일은
기우는 고목처럼 잠자코 바닥에 엎어져
일대의 소동을 한낱 고요로 잠재우며
제대로 단련된 조준 솜씨를 증명해줄 배역인가.

흠결

모난 부위를 깎고 다듬은 이가 누구인지 알 수 없으나 돌은 근접하기 힘들도록 심상치 않은 영기를 품었고 몇 단의 층위를 이룬 형상으로 가뿐 하늘을 떠받치기라도 하듯 슬며시 기울어져 솟아올라 있었다. 많은 이들이 돌에게 다가와 얼룩진 손바닥을 부딪고 살포시 뺨을 얹으며 나직한 돌의 음성을 새겨들으려 애쓴 듯했거니와 비켜 갈 수 없는 모진 풍상이 표층을 다스려 늦가을 山寺의 쇠잔한 볕살에 돌을 반들거리게 했다. 물끄러미 바라보고 있자니 손짓하여 돌이 부르는 듯하고 좀 더 다가서려니 겹겹의 심기를 들킬 것만 같아 망설이고 있는데 무수히 둘레를 돌며 희구하던 목소리며 곡진한 사연들이 돌을 휘감고 있는 듯해서 조금 먼발치에서 사진 한 컷을 누르고 돌아서고 말았다. 그것만으론 어떤 결례든 범하진 않았으리라 여기며 걸음을 옮기다가 불현듯 돌을 벼렸던 이가 적어도 흠결 있는 석공은 아니었으리란 생각이 슬그머니 일었는데 몇 번인가 고개를 돌려 바라보았던 까닭이 오로지 그 탓이었으리라.

그림의 배후

우타가와 히로시게歌川豊重의 화첩을 들여다보고 있자면 뭔가 석연찮은 의문이 인다. 우상시하듯 일본이 국보급 이상으로 내세우는 화가, 기실 침이 마르도록 저들이 자랑해 마지 않는 자포니즘Japonism이 그에게서 발원했던바, 도자기를 구매하러 온 네덜란드 상선에 실려 우연찮게 그의 그림이 유럽으로 반출되는데, 도착하자마자 고흐 마네 로트렉 등 당대 화가들이 그의 화폭에 매료돼 아류를 자청하듯 앞다퉈 왜색풍의 그림을 구현했으니 가히 일본인들이 호들갑 떨며 우쭐댈 만도 했으리라. 그것으로 저들은 섬나라를 벗어나 탈아시아를 성취했고, 본격적으로 근대정신을 발아시키며 섣부르게도 대륙을 집어삼키려 한 군국주의의 초석을 다졌으니 우리로서는 달갑잖은 불행의 서막이 싹튼 꼴. 그럼에도 불구하고 히로시게의 그림에서는 왠지 우리 땅의 흙냄새가 아른거리는 듯한데, 초립 하나로 비를 가리며 총총 달음박질치는 〈다리 위에 내리는 소나기〉 속 행인들의 걸음새를 눈여겨보라. 주룩주룩 퍼붓는 굵직한 빗발 사이로 사미센 소리가 아니라 농익은 가야금 탄주가 흘러나오고 있다면 착각일까 환청일까. 기록을 더듬노라면 정조 대왕의 총애를 받아 괴산 현감으로 부임했던 단원檀園이 보란 듯 사직서를 내던진 해가 1795년, 어쭙잖게 시골구석에 갇혀 벼슬아치 노릇을 하기보다는 자유분방한 예술가적 영혼을 택한 그가 그때 모든 걸 다 내던지고서 어디론가 쥐도 새도 모르게 종적을 감춰 아예 조선팔도에서 귀신처럼 사라지고 마는데, 공교롭게도 히로시게의 그림이 맹위를 떨치며 극성을 구가하던 시절과 퍼즐을 끼워 맞추듯 딱 일치하고 있음이 과연 무엇을 시사할까. 사사로운 감정을 일체 접어두고라도 두고두고 곱씹을 만한 곡절이 아니런가.

* 있으나 마나 한 사족: 그의 화폭에 매료되는 이유가 무엇일까. 어떻게 그는 마술적 터치로 세계를 사로잡았나. 신기에 가까운 그의 그림에 관해서는 다음 기회에 피력하리라 기약하나, 과연 항간에 떠돌듯 그가 단원이었나 히로시게였나 아님 사라쿠였나, 언젠가는 저 미스터리가 풀리고 봉인이 해제되는 데 미력하나마 이 글이 밑거름이 되어 주길 바랄 따름이겠다. 청계천이었던가, 지금은 흔적조차 사라진 장승배기 언덕길의 고서점이었나, 아마도 그의 화첩을 만나지 못했더라면 난 시인이 아니라 화가가 되었으리라.

공론의 식탁

격식을 거두자 소통이 찾아왔다. 찬 가짓수는 단출해도 논의와 이견이 풍성한 아침식탁. 공론이라기엔 미흡하며 대다수 화제가 신변과 시류에 편승한 소재에 불과하더라도 이 집에선 보편적 서사의 탐구라 칭하는데, 단 하나 잊으면 해로운 것은 빈약한 논거거나 편향된 주장을 펼치다간 즉각 무시당한다는 사실. 오늘의 논제는 얼마 전 신입사원이 된 막내가 명함을 돌리면서 서막이 올랐다. 받아든 누군가가 조만간 회사로 전화를 걸겠노라 말을 꺼냈는데, 그러자마자 맞은편 이가 곧바로 제지했다. 회사가 사사로운 장소인가, 설사 가족이라 해서 업무 중 사적 통화는 그르지 않은가? 힐난했다. 그건 구시대적인 발상, 폐쇄적일수록 기업은 성장이 더디며 적절한 변화가 어우러져야 발전성이 담보되지 않는가, 상대가 맞받았다. 그러면서 경험에 비추니 참신한 아이디어란 때로 사고의 환기가 요구되더라는 말을 방점처럼 강조해 덧붙이려다가 그만 씹던 내용물을 공중에 뿜었으나 그러건 말건 의견은 팽팽히 갈렸다. 걸어도 된다! 아니 업무 방해다! 막내의 사기 진작인 줄 모르는가! 흠, 그러다가 고가점수가 깎이는 불이익을 안으면 당신이 책임질 텐가!

종일 헤어져 지내는 식구의 안부가 더러는 궁금해지긴 해도
공적 시간을 귀하게 대접하는 처사를 앞지를 수 없는 것으로
저들은 아쉬우나마 식사와 쟁의를 동시에 일단락 짓고는
숟가락을 놓자마자 서로의 뺨을 부딪곤 뿔뿔이 흩어졌다.

Bowl 예찬

정결함이 결여된 조리는 그릇되다. 이를테면 주방의 책무를 짊어진 내 각오와 다짐이 그러하다. 하지만 얼마나 많은 시행착오를 저질렀나. 무턱대고 지지고 볶고 굽고 졸이며, 설익거나 태운 음식들로 식탁을 망쳤던가. 그럼에도 타박과 투정 대신 무던하게 젓가락을 뒤적거려준 식구들, 돌이켜 저들의 표정을 상기하노라면 낯 뜨겁도록 부끄럽고 참담하다. 이제 어리석은 시절은 갔다. 다채롭도록 운용의 폭이 너른 이 그릇의 쓰임새를 깨치면서 내 요리는 색다른 세계로 진입했다. 조물조물 무치고 버무리며 조화로운 손맛을 얹는 경지, 묵묵히 수행을 거든 그의 조력이 아니었다면 그것에 근접했을까. 무릇 그릇들의 제왕이라 그를 칭하여도 과언은 아니리라. 도열하듯 각종 집기들이 그에게 머리를 조아리는 엄숙한 장관이라니! 어느 새벽 산행을 나섰다가 갑작스레 구름장을 뚫고 솟구치던 쌍 독수리와 조우했던 기쁨이 그에 비길까. 뒤엉킨 문장의 실마리가 풀려 전율하듯 감격하거나 잃어버린 양말 한 짝을 먼지 구덩이의 장롱 밑바닥에서 끄집어냈을 때의 반가움을 여기 견줄까. 이제야말로 미각이란 눈으로 와서 혀끝에 감기는 진기임을 실감나게 증명하리

라. 식구들아 모여라, 모두를 건강하고 행복하게 살찌우리라. 그러기에 앞서 모름지기 견실한 셰프는 조리와 동시에 뒤처리를 해치우는 법, 양념 찌꺼기 얼룩 한 점 내비치지 못하도록 매끈거리게 이 그릇을 닦아 살뜰한 후일을 대비하리라.

낡은 수도꼭지

시간은 당신의 대응이 현명하길 기대한다. 주방 수도꼭지가 낡아 단단히 틀어 잠가도 물이 새기를 사흘째, 속절없이 떨어지는 물이 아까워 당신은 대접을 가져다 받치지만, 그마저도 곧 차올라 넘치자 그 물로 차를 끓인 뒤 자신의 검약정신을 상찬하며 더 큰 그릇을 꺼내서 받쳐보나, 그것이 일시적인 처치지 항구적인 대처일 수 없어 결국 허리를 굽혀 잡동사니들이 뒹구는 싱크대 하단의 수납장을 열어 살핀다. 간단하군, 저 메인너트를 풀어 패킹을 갈아 끼우면 돼! 즉각 당신의 머리엔 주술에 걸린 공주처럼 수년째 공구상자에서 잠든 스패너가 떠올랐지만, 연장을 꺼내러 가기 전 뭐가 못 미더운지 몇 차례 더 그곳의 내밀한 구조를 관찰하며 고개를 갸웃거린다. 틈이 너무 좁아, 우격다짐으로 녹슨 너트를 비틀다간 여지없이 손등이 찢길 거야! 도사린 위험 요소들 앞에 그만 당신은 혀를 내두르다가 번뜩 묘안이 떠오른 듯 길 건너 상가의 철물점으로 부리나케 향한다. 하지만 멀뚱히 앉아 있던 주인은 당장 가게를 비우고 따라나설 계제가 아니며, 예약된 접수들로 방문은 순차적으로 이뤄지는데 전문가로서 수리비 외에 출장비를 얹어 요구한다. 단순한 일로 당신은 약자가 되기 싫거니와 고분고분 수락하는 자신을 상상조차하기 어렵다. 시큰둥하게 돌아와 다락의 찜통을 꺼내 대안으로 삼으려 하나, 당신 앞엔 집중을 요하는 용무가 줄줄이 기다리고 있어 차분히 매달려 척결하려 해보지만 저토록 물소리가 거슬릴 수 있는가. 이제 와 당신은 질 수 없다. 그래서 택한 건 자신의 인내심을 계측하는 일. 언젠가는 저 소리가 슈베르트의 〈물 위에서 노래함〉만큼이나 감미로워지지 않겠는가. 다분히 시간과의 마찰은 당신이 부족한 겸양과 성찰을 구하려 수양하는 과정과 흡사하도록 닮았다.

편력 시대

수긍하고 싶진 않으나 쩨쩨하고 시시하게 늙나 보다
두들겨 패 주고 싶은 작자가 느는 걸 보면
결과가 행동을 나무라고 지탄하더라도 절로 과거의 근력과 패기가 그립다
찌를 듯 눈빛으로 상대를 제압하고
버럭 소리만으로도 얌전히 무릎 꿇리던 시절,
얼마나 많은 멱살과 드잡이했고 참을성을 이기지 못한 술상이 바닥을 구르다 뒤집혔던가
그땐 세상이 코흘리개 아이들의 유리구슬만 했나
경우가 어긋나거나 불미스런 작태를 못 본 척 그대로 지나치지 못했다
지겨운 TV뉴스 속 저 철부지 화상들!
어서 지옥 같은 과정을 이수해 살인면허를 따리라
늦은 밤 담벼락을 뛰어넘고서 부서져라 안방 문짝을 걷어차고 난입하리라
그러곤 당당하게 두건을 풀어헤치며 조목조목 죄목들을 열거하고서
초라한 숨통을 거두자마자 조직의 클로버꼴 표식을 흘린

뒤 밤안개처럼 사라지리라

공상하던 때가 있었으나, 이젠 그러기에도 실로 늦었다

바라지도 않았으나 한 시대는 아쉬움을 질투하며 떠나가는가

언젠가 누군가의 책에서 마주친, 요 지구만 한 별쯤은

조몰락대듯 손아귀에 넣고 구겨버리기도 한다는 우주적 손,

맘대로 그 손을 부려 먹던 주인이 부럽기만 한데

물론 글의 함의로 보아 손의 쓰임새가 폭력성을 부추기고

야만과 무질서를 비호함이 아니었으니 부질없는 오해 따윈 삼가자

그러니 일기를 쓰고 난 소년처럼 분심을 다독이며 잠을 청한다

믿거나 말거나 한 시절이 과연 있기나 했는지 자꾸 의심이 들거니와

늦도록 옛적을 반추하느라 뒤척거리는 이는 지질하다 할 만치 궁색 맞다.

깨진 창

찌부러진 음료 캔에게 혐의를 묻는 건 부적절하다. 내용물을 모를 비닐봉지가 슬그머니 다가와 곁에 드러눕자 어디선가 종이컵과 일회용기저귀가 서슴없이 날아들었고 녹슨 간이의자가 절룩거리며 걸어와 잠시 쉬어가길 청했다. 내던지긴 쉬웠어도 거두려는 손길은 보기 드물었다. 침침한 가로등이 방조했고 기척 드문 골목길은 침묵했다. 무작정 가출을 결행한 오뉘 아기곰 인형, 얼룩덜룩 먼지를 뒤집어쓴 등받이쿠션, 여닫이가 떨어져 나간 수납장과 귀퉁이가 깨져 수려한 미관을 상실한 탁자가 어느새 어울리는 구성원으로 가세했다. 어느 사회건 제대로 된 무리를 이루려면 리더십과 카리스마를 겸비한 우두머리가 있어야 하는데 마침 타이어의 공기가 홀쭉해진 자전거가 굴러와 뻐대 있는 가문의 명예를 걸고 결속된 집단으로 이끌어가겠노라 자청했다. 신비로운 골목길의 마술은 수명이 다한 것들이라면 다 모여들 때까지 지속될 것 같았다. 누군가가 담벼락 안의 파손된 유리창을 탓했다. 방치하고 떠난 집주인이 문제를 키웠다고 지적했다. 땅거미가 짙어갈 무렵 힐끔거리며 지나가노라면, 골목은 정처 없이 대양을 떠도는 저주받은 유령선을 연상시

켰지만 장애를 주지 않을 정도로 보행은 자유로웠고 적치물의 임시 창고로도 활용될 수 있음을 암시했는데, 사태가 그러리라곤 빈 음료 캔을 아무렇게나 방기한 이가 알았겠는가.

펜

열혈신도답게 그는 펜을 섬기며 각별히 받든다
그래서인가 순례자들이 몰려든 성지처럼 필통과 탁자 위가 펜들로 늘 북새통,
어딜 나서든 저들 중 하나를 품에 챙기는데
잊고 나갔다간 허둥거리며 집까지 돌아오기도 한다
억측하건대 숨이 멎지 않고서야 근절되지 못할 집착과 사치가 그에겐 펜,
근자엔 문구점을 들른 기억이 꽤 아스라한데
책상을 치우다가 딸아이의 것을 슬쩍 품기도 한다
하마터면 부녀간 소송으로 번질 뻔한 불미스런 사건이 그래서인즉,
제 것을 아끼며 챙기는 걸 보면 핏줄은 속일 수 없는 것인가
언제 재발할지 몰라 아이는 경계심을 늦추지 않는다
떠오르기론 재작년 가을이 떠나기 직전, 점검 차 동계용 등산배낭을 끌렀다가
한꺼번에 멀쩡한 펜 다섯 자루가 쏟아져 다물려 해도 기어이 탄성이 터지고야 말았으니

그날의 환희가 빼곡 일기장을 메웠음이 자명하다
혹, 이루지 못한 그의 꿈 하나가 펜 공장의 공장장이 아니었을까
그랬더라면 절대로 무뎌지지 않는 촉을 양산해 글쟁이들의 염원에 한껏 부응했으리라
한밤중에도 파수 보는 초병처럼 침대맡을 지켜선 저들,
드문 낭패는 잠들기 전 불을 끈 채로 뭔가를 끼적거리기도 하는데
이튿날 깨어보니 메모장 어디에도 아무 흔적이 보이지 않은 터
애석하나마 잉크가 다 된 펜은 뒤안길로 떠나가야 마땅하나
누가 그의 족적이 헛되었다고 지껄일 수 있으랴
어느 날 당신 책상에서 스프링이 망가진 펜 하나가 감쪽같이 달아났다면 펜의 신께서 거둬간 것으로 알라
홀연 그조차도 종적을 지우고 사라졌다면 그분 대업을 뒤따르는 것으로 기억하라
장엄하다 못해 숭고한 행렬의 선두,

펄럭거리는 펜의 깃대를 앞세우고 꿋꿋하게 전진하는 이가 그이리라.

제4부

내 연애

내가 바라는 연애는 한시라도 빨리 늙는 것
그래서 銀髮이 되어 그루터기에 앉아
먼 강물을 지그시 바라보는 것
될 수 있다면 죽어서도 살아
실컷 떠돌이구름을 찬미하는 노래를 부르거나
성냥을 칙 그어 시거에 불을 붙이는 것
아니라면 어딘가로 멀리 달아나
생의 꽃술에 입맞춤하는 은나비처럼
한 시절도 그립거나 후회 않노라 고백하는 것
그리하여 누구나의 애인이 되거나
아니 그것도 쉽지 않노라면
그리는 못 되어서 아득하게 잊혀가는 것!

불후

피아노를 마련하기엔 지닌 돈이 부족했다
불편을 감수하며 기타로 곡을 지었다
심각한 장애라면 감추기 힘든 재능,
피할 길 없는 난관으로는 시시각각 머릿속을 달군
뜨거운 영감이 문제였달까
그럴 때면 베른하임 언덕의 계단을 뛰어올랐다
봉헌미사가 시작되기 전까지
성당 앞전의 낡은 오르간 건반에 매달렸다
그때 쓰인 초고가 세레나데의 序奏部,
빈터라이제 중 전반부의 다섯 곡,
아찔하다, 저 오르간이 아니었다면!
축복처럼 불후가 준 선율이 남루하건 부유하건
지금도 세간의 심금을 훔치고 있다
구차하게 얻어듣기를 즐기다가 음반 두 장을 장만했다
페터 슈라이어, 디트리히 피셔 디스카우,
우열을 가리기가 겨울 지경으로
두 가수의 음색과 성향이 모두 탁월해
아주 잠깐 싱겁고도 무의미한 갈등이 일곤 해도

하루 중 낮고 어두운 저녁이면
가난의 신을 영접하려 누군가의 음반을 건다.

낭만의 종언

어느 음절에선가 바늘이 튀던 세자르 프랑크의 음반을 즐겨 듣던 옛적, 이촌동 선생 댁 문턱을 제집인 양 들락거리며 부지런히 배움을 청하던 시절. 사양하며 거듭 마다했음에도 넘보는 눈초리를 직감하셨나, 폭염에 시든 등나무 이파리를 톡 따서 건네듯 당신에게도 썩 어울릴 것 같아하시며, 어느 날 선생께서 넘겨주신 마도로스파이프. 넘치도록 분에 겨워 한동안 잎담배를 꾹꾹 눌러 재워 폼나도록 연기를 뿜고 다녔으니, 그것의 특이한 재질이 남프랑스의 지중해 연안에서나 자라는 장미나무뿌리. 그래서였나 매번 형언할 수 없는 그윽한 향이 까무러지듯 끽연을 황홀케 하며 의외의 상상을 자극하기도 했는데, 이제 와 그것이 왜 떠올랐으며 짙푸른 연기 색감이 눈앞에 아른거리는가. 어제오늘 문갑과 벽장을 아무리 뒤적거려도 그것이 어디로 갔나, 작고한 선생을 뒤따라갔나, 어디서도 흔적을 찾지 못하고 늦게야 『浪漫主義思潮』 갈피 사이에 찔러 둔 선생의 목탄화 몇 점만을 챙겨 단속해뒀으나, 불과 다섯 해 사이에 망연자실 세 사람을 잃고는 나직이 속삭이는바, 이제야말로 그리움이 무엇인가 내게 물어야 할 시간이겠다.

끽연가

내가 사악한 악마와 불륜에 빠진 건 공공연한 사실이어서
우려 반 질책 반 주변의 만류가 극심하다
선배, 언제까지 전근대적 미개인으로 머물 거야?
대디, 당신마저도 우릴 고아로 만들고 일찌감치 떠나버릴 작정이십니까!
자긴 왜 내가 은밀한 키스를 번번이 주저하는지 알아?
막내야, 네 아버진 마흔여섯에 단호히 작파하셨어!
저들의 눈엔 내가 몰상식한 구시대적 유물이자
향정신성 유사약물 따위에나 의존하는 나약한 인간으로 비칠지 모르겠으나
늦기 전에 주위의 편견과 곡해를 불식시킬 겸
오도된 진실을 바로잡아 세우자면
거 좀 취해서 한 대 물었기로서니 다 피우도록 놔두지
호프집 매니저를 나무라던 K선생이 멀리 계시고
작고한 박상륭 선생의 유품 파이프를 곧 구경시켜 주리라던 C시인
드물게 애연 문화를 문학적 가치와 자산으로 구현한 M사형

(심술궂게 날은 차가웠어도 Y, S, J, H형들아
한 대씩 폼나게 꼬나물고서 수전 잭슨의 〈Evergreen〉에
따스하게 취해가던 홍대 앞 코케인의 밤을 기억하는가
세상의 모든 상록수가 한꺼번에 검게 시들지라도
우리의 상상은 그치지 않으리라 외치듯 흰 연기를 토했으
리라)
일일이 열거하기 어려운 선후배 문우들의 암묵적 비호
아래
난 아직도 폐부 깊숙이 맹독성 연기를 찌르면서
내 안의 악마가 허둥거리며 달아날 때까지 사투를 벌이는
중인데
언젠가는 보헤미안 시대를 살다간 헤르만 헤세 옹처럼
저 질푸른 연기 속으로 도망치는 악마를 보라!
위대한 금언을 창안해 부르짖게도 되리라
궁극의 목표가 이토록 진취적이며 창대하거늘
흩어졌다가도 뭉치며 서로를 부축해주던 우리가 아닌가
무분별한 간섭과 통제는 또 하나의 폭력임을 모르지 않을
진대

어찌 몰지각하게 현세 인류의 마지막 애연가로 순교하려는 꿈을 짓밟고

분쇄시키려 드는 이들에게 다시 묻건대,

왜 그대들은 정녕 자신들 속 악마와의 싸움에 등한시하는가.

모나미에게

묻건대 못 만드는 걸까 안 만드는 걸까
전자라면 초일류반도체 생산국이란 지위가 어색하고
후자일 경우 소비자의 호된 질타를 받아도 싸다
그깟 필기감이 물 흐르듯 부드럽고 우아하며
찌꺼기가 번져 종잇장이 얼룩진다거나
놔두고 방치한들 잉크가 말라 굳지 않는 펜 하나쯤
업계의 선구인 귀사가 여직 출시하지 못하고 있다는 사실
이
안타깝고 애석함을 넘어 의문스러울 따름인데
가뜩이나 험한 기류가 수그러들 줄 모르는 시국에
이 글을 꼬투리 잡아 교활한 일본 우익이
한바탕 난리 칠 게 불 보듯 빤하긴 해도
사십 년 가까이 모나미펜으로 생업을 이어온 필자가
언젠가 딸아이가 건넨 미쓰비시 펜 자루에 혹해
어쩌면 이토록 글씨의 터치가 매끄러울까
놀람과 부러움을 감추기 어려웠어도
그렇다고 내세우듯 셔츠 주머니에 꽂고 다닐 수 있겠는가
아무리 좋기로 어찌 일제를 구매한단 말인가

뻐저린 치욕의 역사가 분하지도 않으며
반성은커녕 한마디 사과에도 인색한 저들의 작태가
천불이 일도록 괘씸하지 않더냐! 호통 대신
요걸 며칠만 빌려다오, 딸애에게 속닥거린 말을
이제 와 쓸어 담을 수 없음을 책망하며
볼펜 한 자루로 저들과 우열을 겨루자는 심사겠냐만
힘으로 응대하려 든다면 힘으로 대응할밖에
분발을 독려하는 뜻에서 몇 글자 적느니
밝히나 마나 이 초고는 모나미153 시리즈로 썼다.

대령의 집

제복 차림의 사내들이 빈번하게 들락거렸다
들어갈 때나 나올 때나 저마다 거수경례를 교환했다
신념이란 절도 있는 자세를 요구하거니와
외마디의 구호로 결집하는 것일까 의아해하며
철책 담의 들장미 넝쿨도 그때마다 부동자세를 취한 듯한
데
시동을 끈 일고여덟 대의 지프가
시위하듯 위압적으로 저택을 둘러싼 날도
뽀얀 우윳빛의 그 집 아이들은 앞마당 잔디에서 뛰어놀았
다
이따금 서툰 플루트 선율이 실내를 휘저었고
연회가 열리면 밴드의 즉흥 반주에 맞춰
연미복과 드레스를 갖춘 남녀들이 무도를 즐기곤 했지만
두 계절이나 그 집 아이를 가르치려 출입했어도
집주인 사내를 정작 어디서 대면했던가
고정간첩 일망타진을 알리는 뉴스브리핑이었나
십이십이 군사반란 항소심 재판정에
결박돼 끌려 나온 무리 중 맨 끝줄이었나 가물가물한데

기억의 우매함은 고쳐 쓰지 못하는 것이긴 해도
쓸모없어진 책들을 서가에서 솎아내려다
불쑥 마주친 마분지 표지의 『캐피털리즘』과 『고전경제학』,
건성으로 두 책의 서문을 훑으려 하자
밑줄 그으며 그것들을 짚어나가던 새까만 밤과
어긋나버린 다짐을 다독거려준 탁자와
금속 테 선글라스에 가려 가늠할 수 없었던
그 집 사내의 눈동자가 또렷하나 어색하게 교차했다.

벨라 차오, 안녕 내 사랑

밀바의 음성으로는 오래전 선배의 옛 자취방에서 처음 들었다
발목이 잠기도록 폭설 퍼붓는 밤,
늦도록 나뭇가지를 스치는 소리가 어지럽다
벨라 차오 안녕 내 사랑, 깎아지른 능선을 파르티잔의 행렬이 넘고 있다
형편없이 저들의 군화는 낡았다
헤진 모포로 감쌌어도 산골짝의 한기가 품속을 파고든다
대열 끝자락에 형의 원수를 갚으려 소년병사가 따르고 있다
장전된 경기관총 한 자루가 총구를 숙인 채 그의 어깨에 힘겹게 걸려 있다
형은 마틸도 전선에서 두 발의 총탄을 맞았다
불운하게도 모습을 감춘 저격병의 조준은 빗나가지 않았다
첫 번째 탄환이 허벅지를 관통했고
휘몰아치는 동계冬季의 칼바람처럼 둘째 탄환이 가슴 복판을 꿰뚫고 지나갔다
피로 얼룩진 형의 일기장이 소년의 품에 들어 있다

대오가 느려지는 건 시야를 가리는 지독한 눈보라 탓,
얼어붙은 계곡을 건너뛰며 청년대원이 휘파람을 분다
벨라 차오 안녕 내 사랑, 나 죽으면
그대 집 앞마당 떨기 꽃으로 피어나리
붉은 꽃가지 꺾어 그대 향기로운 머리에 꽂으리
소년이 노래를 익힌 건 넉 달 전 산악전투 교과의 첫 수업 시간,
대원의 꿈을 이뤄냈지만 오늘밤 소년은
겹겹의 가파른 협곡을 해뜨기 전까지 가로질러야 한다
그러고 나면 어머니께 편지를 띄울 수 있다
벨라 차오 안녕 내 사랑, 그리운 어머니 당신께 가고 있어요
식구들과 나들이 가던 몽텔로드 언덕이 저기 지척이랍니다
아마도 행운이 우릴 편들어서
다가올 이번 봄은 당신과 맞이하게 될 듯합니다
끈질기게 뒤좇는 무리가 간격을 좁히려 따라붙고 있으나
입술이 검게 부르텄어도 늙은 대장의 휘파람 소리에
굴욕과 복종이 끼어들 틈은 없다

벨라 차오 안녕 내 사랑, 자나 깨나 당신을 생각한다오
우리 아이들을 잘 돌봐주오
모두의 자유와 앞날을 위해 택할 수 있는 건 이 길뿐이었다오
지금은 아니더라도 곧 당신을 안을 수 있기에
첩첩산간의 적막과 허기쯤은 조금도 두려울 게 없다오
누군가 멀리 고향땅에서 저들을 기다리고 있지만
작정한 듯 세상의 모든 흔적들을 지우겠노라 밤새껏 퍼붓는 눈,
숨죽인 나뭇가지들 위에도 저들의 어깨 위에도 공평하게 내려 쌓인다
잠을 떨친 어느 새벽은 눈부시도록 맑고 또렷했던가
그 밤의 끝자락에서 선배가 말했다
밀바가 열창하건 이브 몽탕의 감미로운 저음이건
노래의 선율 속에서 저벅저벅 눈밭을 울리는
행군 소리가 들린다면 그 사람은 빼어나게 훌륭한 귀를 보유하고 있다.

잉잉거리다

일벌 한 마리가 단 일 그램의 꿀을 수확하려면 어림잡아도 오백육십만 송이 이상의 꽃봉오리를 들락거려야 한다는데, 그러기 위해 날아야 하는 거리가 근 일백육십여 킬로미터, 대체 몇만 번의 날갯짓을 해야 저 이동이 가능할까. 태어나 죽는 날까지 잉잉거려야 하는 수고로움, 저들이 아니었다면 세계의 모든 꽃들이 향기롭게 피어났을까. 저마다의 비육한 과실들도 매달리지 못했으리니 결코 허투로는 볼 수 없는 장면, 전체 자연계의 육십 퍼센트를 수분受粉시킬 정도로 저들의 역할은 실로 막중하며, 전 세계 식량 생산량 중 삼십 퍼센트가 곤충들의 꽃가루받이로 이뤄진다던데, 그것의 팔 할 이상을 저들이 떠안았다니 그야말로 생태계를 유지하는 중추가 아닐 수 없으며, 따져보나 마나 우리 역시도 연명을 장담하기가 어려웠으리라. 그러려고 이 땅에 와주었다니 더없이 경이롭고 갸륵하며 마땅히 꽃나무들보다도 더 고마워해야 할 일. 들리는가, 궁핍한 세상 살림을 들쳐업은 저 날갯짓 소리!

몰두

범상치 않은 한 폭의 양피지 두루마리 지도가 당대의 학계를 발칵 뒤집고 떠들썩하게 한다. 그것이 과시하는 지도로서의 기능이 지금의 것들과 견준대도 모자라거나 뒤처지지 않을 만큼 대단히 정밀하고 빼어나게 우수한데, 표기된 각 대륙의 위치와 크기, 뭍과 바다의 획정, 산 높이와 강줄기 길이, 외곽과 도시를 가로지르는 경계는 물론이며, 심지어는 작은 마을의 거미줄같이 엉킨 소로 하나하나가 훑는 이들의 눈을 저마다 경악케 한다. 계측도구와 장비가 변변치 않던 시기, 그것을 편수해 당시 세상을 어리둥절하게 만든 이가 중세 베네치아의 한 늙은 수도사. 작업을 종결짓기까지 방대한 서책들을 끌어모으고 엄청난 자료를 섭렵하는 일에 생을 다 걸었다니, 한 인간의 끈기가 얼마나 집요한 것인가 짐작이 가고도 남으며, 새삼 그것이 인류를 존속시키고 지탱케도 한 저력이기에 찬탄을 감추기 어려운데, 그보다도 더 놀라운 반전이 기다리고 있다. 태어나 죽는 날까지 그가 자신의 책상 앞을 떠나 집 바깥으로는 단 한 걸음도 뗀 적이 없다는 점! 가늠해 보면 천 년 전의 어느 밤, 사위가 고즈넉하도록 모두가 잠든 한밤중이었으리라. 가물거리는 양초 한 자루를 밝혀 들고 책상 앞에 구부정하니 앉아 그치려 해도 돋아나는 잔기침을 억누르며 한 뼘 한 뼘 미답의 세계를 답파해간 경위가 그야말로 말문을 닫아걸게 하지 않는가.

화동

어렴풋하나 난 다소곳이 꽃다발을 전달했다
떠올려봐도 왜 간택됐는지 모르겠으나
곁에 선 계집아이가 물망초처럼 미소 지으려 연습하고
교정 철책 사이에서 서둘러 꺾은
자운영과 진홍장미 묶음을 교감에게 받아들고서
어떻게든 긴장감을 진압하려 애쓴 것도 같고
숨소리가 떠버리처럼 시끄러워선 난처해,
스스로를 타이르기도 한 기억이 잊힐 리 없는데
학교 소운동장에 굉음과 흙먼지를 일으키며
육중한 국방색 잠자리비행기가 가라앉고
이윽고 수행원을 거느리고서 다가온 두 인물 중
허릴 굽혀 여사가 내 뺨을 삼사 초쯤 어르고
권력자가 물망초소녀의 흰 이마에 입술을 찍고 지나쳤다
영광이었을까 치욕이었을까 훗날에 이르러서야
상흔으로 얼룩진 현대사와 맞물려
저들이 들꽃 감상을 하러 들른 건 아닐지라도
전교생이 주목하며 지켜보는 가운데
훈화가 끝날 때까지 자세를 흩뜨릴 수 없던 광경이

빼곡 광장을 메운 청년친위대원 사이로
검정 메르세데스벤츠 오픈카에 오른 콧수염 사내가
송판을 격파하듯 오른팔을 쫙 뻗쳐들고서
지나던 흑백필름의 장면과 오버랩되는 것인데
이쯤에서 한 가지 동의를 구하자면
질곡의 연대를 찢으며 우린 여기까지 왔다.

딱정벌레

천적에 쫓기느라 방향감각을 잃었다
후각의 오작동으로 협탁 위 에스프레소를 들장미향으로 착각했다
내 글의 애독자로서 결미가 어디로 흐를지 앞질러 궁금했다
가택침입의 경위를 셋으로 좁혀 따져봤으나
촘촘한 방충망 밖으론 어찌 나갈까 우려가 일고
도통 저들의 생리라곤 알 길 없어
영역을 침범했지만 전혀 해칠 뜻은 아냐!
최대한 친근한 어조로 또박또박 밝혀주고는
써 내려가던 백지 위에 얌전히 올려
여긴 네가 머물 곳도 못 되거든 거듭 충고하고서
내가 사인조 밴드를 얼마나 사랑했는지 알아
저들에 관한 책들만 꼽아도 서가에 스무 종이 넘어
뿔뿔이 흩어진다는 소식을 듣고
아직도 포성과 전쟁이 딱 그치려면 멀었는데
무책임하게 그래선 안 된다며 콧날이 시큰거리도록
밤새 질질 짜며 장문의 편지를 쓴 적도 있어

이젠 다 돌이킬 수 없는 일이 됐거니와
단 한 번쯤 Abbey Road를 가로지르지 못했어도
내 딸아이들도 저들의 노래를 윌 정도로 좋아하게 됐다니
까
그러면서 등딱지 무늬를 들여다보고는
햐, 우리로선 도저히 모방할 수 없는 기막힌 솜씬데
Hey Jude, don't make it bad,
속닥이며 그의 세상으로 날려주는 것이다
그럼 안녕! 보다시피 난 지금 마감에 쫓기고 있어.

새의 무게

그것은 경이의 출현과 흡사했다
찰나에 견줄 만큼 극히 짧았다
축약된 우주가 손바닥에 잠시 머물렀던 것이랄까
예기치 않은 그때
내 감각은 천 배쯤 격하게 부풀어 올랐다
한낮의 숲마저도 정적으로 동조했다
손바닥 안 몇 조각 비스킷을 동고비가 물고 간 순간,
언젠가 잃은 것 같은 동경과 신화가
일제히 내 안에서 술렁거렸다
나조차도 티끌보다 더 약소한 점이 되어
아득한 창천으로 날아오른 듯했다
솟구치기 위해 버려진 무게여,
어디서 저 행로는 멎을까
도무지 따라나서긴 힘든 장면임이 명료했으나
그것의 비밀은 풀 수 없는 영역이어서
끝내 신비를 닮은 의혹으로 남았다.

자립도시

공존을 염려하는 영혼들이 도시를 세웠다
펄럭거리는 플래카드가 저들의 염원을 대변한다
재활용 쓰레기처리장 건립 불가!
위해로운 환경이 일상을 겁박해선 안 되며
화장터 추모공원 신설 결사반대!
혐오시설 역시 생활에 근접할 수 없다
그래서 발달장애아동 특수학교 설립이 무산됐으며
소규모 공단은 뿔뿔이 외곽으로 이전했다
그럼에도 공공의 안건들이 산적해 있어
오늘도 저들은 도시의 안녕과 번영을 위해
질끈 머리띠를 묶듯 플래카드를 건다
이십만 시민의 발, GTX 환승역 유치 대환영!
그로써 도시는 활성화되며 풍요로워지리라 믿지만
백만 권의 장서 및 열람실을 구비한 공공도서관 확충은
예산 부족 핑계로 무기한 보류됐고
응급구조헬기 도입은 시기상조로 미뤄졌다
희한하게도 도시는 도시를 닮아가는데
만약 신께서 도시를 짓는다면 어떤 모습일까.

저녁의 신

이제껏 많은 것을 저녁의 신께 빚졌다. 과분하게도 그분께서 들어주지 않은 내 청은 없다. 지금 그분은 내 둘째 아이에게 가 있다. 칠판 곁 구석 자리에서 아이가 하는 과외를 면밀히 살피는 중이다. 그러니 녀석의 설명이 핵심을 벗어나거나 사소한 채점 풀이라도 어긋날 리 있겠는가. 아까운 시간을 쪼개가며 녀석이 용돈을 벌어 제 교통비를 대고 전공서적을 사며 거르지 않고 교내식당에서 점심을 먹을 수 있는 것도 다 그분 덕이다. 며칠째 매섭게 한파가 몰아친들 그분께 드리는 기원이 경건하며 숙연할 수밖에 없다. 지금 창밖 가득 먹구름 떼가 몰려가는 걸 보니 어느 산골짜기에는 싸락눈이 내려 제법 쌓이리라. 먼 마을 외양간에서는 성자의 얼굴을 닮은 얼룩송아지가 태어나 검고 큰 눈망울을 휘둥글리리라. 난 그곳에도 그분이 당도했으리라 믿는다. 막 정류장에 멈춰선 마을버스, 외투 깃을 세우고 서둘러 걷는 행인들, 이 저녁 누군가가 돌아오고 있는 것도 당신의 마음 한 자락이 그분께 닿아 있는 까닭이다. 무얼 더 바라며 요구하려는가. 멀리서 울리는 종소리, 길모퉁이 상점마다 내건 낮고 희미한 등불, 아무리 곰곰 떠올려봐도 그분께서 오지 않은 저녁은 없다. 깊어갈수록 고요로 감싸주니 오늘 저녁도 든든하기만 하다.

바스락거림에 관해

바스락거리는 조바심이 덤불숲에 있다
지나친 경계심으로 잔뜩 움츠렸다
짙은 우려에 더욱 새까매진 눈,
절제된 최소의 동작이 그를 부단히 길들였다
숲의 약자들은 그것으로 자신을 지킨다
숲의 생리가 그 한 줄로 요약되며
그것을 잃는 건 숲을 잃는 것과 같다
그러니 얼마나 조심스레 저 한 톨을 옮겨 왔으랴
그것이 숲에 생기를 불어넣고
더할 나위 없는 성장으로 숲을 살린다
한 톨 우주를 삼키자마자 덩달아 우주가 되는 숲,
그걸 알기까지 얼마나 숲길을 배회했던가
깨져 달아나기 쉬운 저 성찬,
이따금 바스락대는 기척을 살피려 숲에 든다
그러기 위해서는 저들의 숲만큼이나
예리한 청각으로 무장하고서
고요를 닮은 보폭을 터득한 다음
덤불 너머까지 보듬는 안목을 갖춰야 한다.

| 해설 |

언어 이전의 언어를 찾아서

— 시의 예술적 지평과 '마음의 문장'

전해수(문학평론가)

이학성 시인의 네 번째 시집 『저녁의 신』은 호모 로퀜스 Homo loquens 즉 인간의 언어적 특징을 규정한 저 명명命名처럼, '언어'에 대한 시인의 차별적 인식과 '문장'을 향한 시인의 고투가 '시 언어'라는 명징한 푯대를 새로이 꽂은 시집이다. 무릇 이번 시집은 시 언어 이전의 언어에 공을 들인 이학성 시인의 열정과 노고가 빛을 발한 결과물이며, 여타 예술 가운데에서도 '마음'으로 읽어 내려간 '그림'에 대한 그간의 각별한 애정이 시인의 시 세계에 어떤 영향력을 발휘하는지를 확연하게 보여준 시집이기도 하다.

결론적으로 (거칠게) 다시 말한다면, 이학성의 이번 시집은 예술적 지평으로 산출된 그만의 '마음의 문장'이 독특한 시 세계를 열어주고 있으며, 그 화답처럼 우리에게 안긴 시집이 바로 『저녁의 신』이라 할 수 있다. 짐작건대, 시어의 조탁과 함의적인 자기 구도적 시 의식이 오랜 기간, 변함없이, 시인의 곁에 머물러 있었기에 가능한 일일 터이며, 이러한 시(인) 의식은 산문시 혹은 이야기 시와는 다른 형식을 새로 열고 있어서 이학성의 이번 시들은 단말마적 언어 조탁이라는 뜻밖의 표현방식으로 인해 언어 이전의 추상적인 마음의 결을 모두어 다시 '시어詩語'로 재탄생하고 있음을 보여준다. 『저녁의 신』은 시로서, 혹은 시인으로서는, '문장의 혁명'에 가까운 하나의 언어적 사건을 '시어'에 포괄한다.

체득해야 할 여섯 가지 미덕이 있음을 배웠다
간절한 심중心中,
꺾이지 않는 고집스런 펜,
고도의 집착,
투명하게 열린 귀,
균형 잡힌 시야,
종이 앞에서 격분하지 않는 냉정,
어느 것 하나라도 익힘에 소홀할 수 없는데
넷 이상을 갖춰야 도제
여섯을 이루어야 기록자라 호칭되며
그때서야 바람결에 흔들리는
버드나무 가짓수를 헤아릴 수 있다고 한다
그 단계를 넘어서더라도
다른 여섯 관문이 기다리고 있는데
고쳐 쓸 줄 아는 부단한 인내,
찢어버릴 줄 아는 용기,
주체적 해석,
말 등에 올라탄 비유,

문장의 올바른 가치판단 외에
제 키 높이만큼의 눈물로 얼룩진 종이가 쌓여야
기록자학교를 졸업해
세상 속으로 나아가 필사에 헌신하는데
그때서야 깊은 밤 강물이
뒤척이는 소리를 낱낱이 받아 적을 수 있노라 한다.

—「기록자학교」, 전문

우선, 분명히 해야 할 점은 이학성 시인이 「기록자학교」를 통해 '쓰는 일'(예컨대 기록, 문장)이란 예리하면서도 치밀하지만 경건하고도 숭고한 일임을 천명하고 있다는 점이다. 시인은 위의 시에서 "펜"의 역할이란, 할 일을 "꺾지 않는" 고집으로부터 기원하면서 "간절한 심중心中"에서 출발한다고 선언한다.

이것은 마치 도제식 교육으로 치열하게 수련된 것이 바로 시 언어여서 "투명하게 열린 귀"와 "균형 잡힌 시야", "종이 앞에 격분하지 않는 냉정" 등을 갖출 때야 비로소 펜을 든 "기록자"라 칭할 수 있다는 조건을 앞세우고 아울러, "고쳐 쓸 줄 아는" 부단한 인내, "찢어버릴 줄 아는 용기", "주체적 해석"과 "비유" 외에도 "문장의 올바른 가치판단"을 시인은 세밀하고도 냉철하게 요구하고 있다. 바로 엄정한 시 정신을 추구하고 있는 것인데, 시인은 이처럼 필사筆寫의 일차적 문장조차도 저 지난한 과정을 통과하여 "깊은 밤 강물이 뒤척이는 소리를 낱낱이 받아 적을 수 있"는 전문 실력과 능력이 시인에게 요구되며, 고차원적인 기록자로서의 시인의 자격이야말로 이루 말할 수 없는 지순한 것이라 평하고 있다.

> 언어체계가 다르다는 점을 주목한다
> 과학이 벗기지 못한 신비의 세계가 산책길에서도 펼쳐진다
> 늦었긴 해도 신분을 차별하던 계급사회는 갔다
> 하인의 분뇨를 수거하는 상전을 봤는가
> 저들의 애정으로 미루어 가족관계가 새로워지고 있다
> 과장하자면 둘은 동격이거나
> 서로의 감정을 도탑게 공유하는 사이가 맞다
> 대전환적 기류에 끄덕이게도 하나
> 아직은 넘지 못할 장애가 있는 것도 같다
> 시대에 뒤처지는 건 분란을 싹 틔우는 밑거름,
> 몰지각한 세태가 근절되자면 멀었는가
> 반드시 목줄을 채우고 배변봉지를 지참하시오!
> 시민공원 입구의 푯말이 그 점을 날카롭게 꼬집는다
> 가타부타 남의 로맨스에 관심 가질 일이겠는가
> 검열과 단속의 시절은 얼마나 끔찍했나
> 각자가 다름을 수긍하는 것도 미덕이려니
> 바다 건너 아서 윌러드 프라이어라는 서양 사람이 지은
> 〈휘파람 부는 이와 그의 개〉를 허밍하며
> 경쾌하게 홑몸의 자유를 만끽하며 앞질러 갈 따름이다.
>
> ―「산책하는 개와 주인」, 전문

이학성 시인이 규정한 언어 체계는 그래서인지 몹시 낯설

지만 특별한 '새로운 관계'를 인식한 데에서 비롯함을 엿볼 수 있다. 시인에게 있어 이러한 언어적 관계는 위 시에 등장하는 "산책하는 개와 주인"(이때의 주인은 목줄과 배변 봉지를 반드시 지참하기를 요구받는다)으로 선명하게(이원론적으로) 구분되고 있지만, 시 속에 등장하는 음악(윌러드 프라이어의 곡을 휘파람 허밍으로 부는)을 통해 시적 분위기를 전회하며, 부정적 시선을 긍정적 타결점으로 전환한다.

위 시처럼 허밍으로 대신한 음악은 이학성 시인에게는 또 다른 언어로서 작동한다(예컨대 시인은 앞서 『늙은 낙타의 일과』를 상재하면서 '시집 해설' 대신에 이에 상응하는 '시인의 산문'을 통해서도 밥 딜런의 노래 및 퓨어 엘리제, 아델라이데, 양산도, 일 코레 우노 징가로의 곡을 허밍으로 웅얼거리며 산 능선을 오르는 대목을 모두冒頭에 묘사하고 있는데, 무릇 음악(가사가 아니라 곡의 리듬이 시인에게는 음악이다)이 자신에게는 일상과 시적 영감을 자극하는 기폭제임을 드러낸다. 요컨대 클래식 음악과 회화는 이학성 시의 예술적 지평을 보여주는 것으로써, 시인의 문장에 깊이 관여하는 시적 대상으로 확장된다.

> 생각이 막힐 때는 낙타를 업고서 사막을 건넌다고 상상하지. 검푸른 하늘에 박힌 뭇별들을 거룩한 안내자 삼아 닷새째 나가고 있으나, 말문이 트이기 전까진 낙타를 내려놓지 않으리라 다짐하지. 꼬박 낙타를 떠메고서 사구를 넘자니 발목이 모래 무덤에 빠지고, 위안을 구실로 단조로운 휘파람 소리를 내고 있지만, 업힌 낙타는 마치 몹쓸 병이라도 도진 것처럼

생기를 잃고 혼곤한 잠에 빠져 있어. 그러니 어서 마을로
낙타를 데려가야 해! 걸음을 멈추지 못하는 이유가 그래서라
상상을 서두르지. 아무리 병든 낙타라지만 순한 새끼 양보다
가벼울 리 있을까. 대관절 낙타를 업는 게 말이 되냐며 누구든
나서서 뜯어말릴 만도 한데 아직 그러는 이는 없어. 온종일
걸어도 낙타가 무겁게 침묵하는 까닭과 일평생 떠맡아 온
등짐이 얼마나 끔찍했을까 겪어보지 않고서야 어찌 알겠어.
끈질기게 재칼의 무리가 따라붙으려 하지만, 그래도 사막을
가로지르다 보면 언젠가는 낙타의 마을에 닿으리라 터벅터
벅 행로를 고집하지. 행여 지치려고 해도 그의 마을에서
새겨지게 될 문장은 무얼까, 기대와 궁금증이 혼미해지는
상상을 가까스로 부축해 세우지. 그런데 알아? 누구든지
한 번쯤은 낙타의 문장을 얻겠노라 먼 길을 헤치는 상상이야
하겠지만 낙타라는 존재는 워낙 낯가림이 심해서 어설프게
다가가 등을 내밀었다간 아찔한 곤욕을 치른다는 걸.

—「낙타의 문장」, 전문

시상詩想을 구하기 위해 낙타를 업고 사막을 건너는 시인의 마음가짐 혹은 화자의 인내는 "낙타의 문장"을 기필코 얻으려는 욕망으로부터 싹튼 것이라 할 수 있다. 그러나 위 시는 이외에도 '회화를 설명하듯' 한 점의 그림을 떠오르게도 한다(이학성의 시는 회화를 시 언어로 표현한 경우가 많은데, 거꾸로 시편부터 읽고 회화를 떠올려 볼 수 있는 작품도 다수 존재한다).

이학성 시인은 회화에서 이야기를 풀어내는 능력이 특히

남다른 것이다. 그가 이미 상재한 『시인의 그림』(2016)과 『밤의 노래』(2019)는 회화와 문학, 문학과 노래의 상관성을 이미 주창한 것에 다름 아니다. 시인은 내면의 예술적 감각을 토대로, 시의 언어를 회화의 감상에서도 자연스럽게 불러들인다. 그래서인지 이학성 시인의 문장은 '보이지 않는 마음을 그리는 그림' 같기도 하고, '들리지 않는 마음을 부르는 노래' 같기도 하다. 그의 시편은 예술적 영감이 시인의 마음을 불러오는 문장, 즉 '마음의 문장'에 가깝게 다가간 '예술로서의 시'이다.

라벨을 떼지도 못한 겨울내의 한 벌
초침이 그친 시티즌 손목시계
도드라지게 매 쪽마다 붉은 밑줄이 그어진 성서
모서리가 깨진 앉은뱅이탁자
투박하게 헝겊 빛깔이 바랜 파나마모자
멀쩡하나 휜 물푸레나무 지팡이
꼬박 닷새를 걸어도 지칠 줄 모르는 하체와 끈기
또렷하나마 우수가 매달린 소년의 동공
아울러 가벼운 난청과 약시
매사 즐거워지려는 정서
온 세상 술병을 모조리 바닥내려 왔다거나
나무들 앞에서의 빈번한 경배,
마지막으로 무엇과도 바꿀 수 없으나
아직은 아비 고유의 것이 맞아
전적으로 물려받은 것이라 우기기엔 이른

묵직한 바위처럼 절제된 침묵의 언어.

—「상속」, 전문

모든 시인에게는 아비의 문장을 상속받는다는 것은 우월감 외에도 용기가 필요한 일이다. 그러나 억압이나 회피적 기제는 존재하기 마련이어서 아비의 문장을 상속받았다고 인정하기에는 의문을 품는 정서가 남아 있다. 다만 시적 화자의 자신감이 아직은 결여되어 있어서, 타자의 질시를 무시하지도 못한다. 이를테면 난청과 약시, 술병들의 유혹에서 빈번한 경배라는 것이 짐짓 자유롭지 못하다. 그것은 죄의식과 부끄러움의 언어를 품은 자식子息의 언어이기 때문이다.

그러나 침묵하기를 통해 시인에게는 모든 사물, 즉 성서와 탁자, 지팡이, 모자 등이 "침묵의 언어"로 작동하기도 한다. 공고한 아비의 언어를 상속받으려 하거나 혹은 미처 회피하지 못하는 언어인 "침묵"은 역설적이지만 언어 이전의 언어이자 궁극의 언어라 할 수 있기에, 시인은 침묵에서 고요로, 고요는 다시 "신비로운 문장"인 "침묵"으로 고였다가 풀리고 풀리면서 끝끝내는 침잠되고 마는 것을 경험한다.

그는 천천히 어깻죽지의 날개를 제거했다
그로써 갈망하던 대로 착지를 얻었다
다음으로 그는 팔과 다리를 분질러 부동을 취했다
그러나 그것만으로는 부족했기에
기어이 눈을 찔러 멀게 하고

입과 코와 귀마저 샐 틈 없이 봉해버리자
비로소 오감에 휘둘리지 않는 의지가 그를 껴안았다
그가 바란 궁극이 그것이었으니
그의 선택이 옳다 그르다 우리가 관여하거나
판별하기는 적절치도 않거니와
이젠 그가 자유로이 허공을 떠돌던 영혼임을 알지 못한다
단지 그가 오래된 신비로운 언어를
마침내 터득했음을 감지할 따름이어서
제대로 알아들을 이가 고작 몇몇일까마는
지나가며 바위에 쫑긋 귀를 댔다가는
알 듯 모를 듯한 표정으로 걸음을 옮길 뿐이다

―「침묵」, 전문

이학성 시인의 언어적 진폭은 이처럼 넓고 깊다. 침묵은 구도자의 언어처럼 경건(성)을 기본으로 하되 고요를 잉태한다. 그러나 "알 듯 모를 듯한 표정으로 걸음을 옮기"는 것이 비단 침묵의 "영혼"만이 아니라면, 마침내 "침묵의 언어"라 표명하고 싶은 시인의 이중적인 언어 체계는 '침묵'에 대한 특별한 사념이 전제된다. 그것은 "의지"로 관철된 "침묵"의 결기이다.

그리하여 "침묵"은 마침내 결기의 시학으로 응집된다. 구체적으로는 이카루스의 부러진 날개처럼, 침묵은 언어의 일부를 상실한 자의 찬란한 슬픔이자 고독이 되고, 이 슬픔을 자청한 자의 고요로 침묵에 한발 다가선다. 언어 이전의 언어를 탐색하게 한다.

건물 어딘가에 그는 기거한다. 어쩌다 현관 층계참에서 어색하게 마주치기도 한다. 그러나 여태껏 인사를 나눈 기억은 없다. 누가 그의 목소리를 듣고 반색하거나 다가가 말이라도 붙인 적이 있을까. 움츠리듯 고개를 숙이고 그는 계단을 오른다. 섣불리 아무에게도 자신의 정체를 들키려 하지 않는다. 개미 한 마리도 해치지 못할 것 같은 경미한 걸음, 어디에도 그가 흔적을 남기는 경우는 드물다. 잔뜩 상심한 기색이 얼굴 한구석에 드리웠다거나 습관적으로 주위를 경계하는 눈매가 날카롭다거나 격앙된 순간이면 찌푸린 양미간 사이로 깊게 파인 흉터가 드러난다거나 어느 것 하나라도 그에 관해 구체적으로 기술하기는 어렵다. 이따금 그는 복도 창을 열고 바깥 동정을 기울인다. 한참 동안 무엇을 살피는지는 오직 그만이 아는 일, 그러다가도 인기척이 나면 복도 끝으로 종적을 감춘다. 왜 그러는가를 도통 알아채기 힘든 도사림, 대체 누구며 무슨 일로 여기서 배회하는지 아무것도 속단할 순 없지만 그는 이 건물 복도 끝자락에 거주한 지 오래됐다.

—「고요」, 전문

이학성의 시 세계에서 '고요'는 그러므로 특별한 의미를 지니는 시어라 할 수밖에 도리 없다. 현관 층계에서 마주하는 이웃에게도 주위를 경계하는 격앙된 순간에도 '일상'은 낯선 침묵 속 고요를 탐색하게 한다. 이학성 시인은 두 번째 시집인 『고요를 잃을 수 없어』(2014)의 표제를 통해서도 오래된 시인의 관심과 방향성을 엿보게 한다. 그렇다면 우리 모두가 눈길 주기를 놓쳤던, 어쩌면 꺼렸던 "건물 복도 끝자락"에 거주하는 자의 "고요"를 지닌 시인이 바로 이학성, 그인 것일까. 아니다. "여태껏 인사 나눈 기억이 없는" 아련하고도 쓸쓸한 저 인기척은 오히려 그가 아니라 방관자인 내가 아닐까. 동조同調의 이야기가 아주 가까이에 있다.

고요에 닿는 가풀막이 있지. 맘 어둑할 때면 그리로 오르는 외길을 떠올리네. 그 길 끝자락에 파랗게 누운 호수가 있어. 아무도 쳐다보지 않을 때 그 호수의 물은 에메랄드빛으로 출렁이네. 몇 번인가 그곳에 이르렀어도 바닥의 깊이는 알지 못하나 수 세기 전 옛사람처럼 어디선가 비쩍 마른 나귀를 얻어 타고 그 길을 오르지. 어수선한 머릿속에는 지난밤 꿈들이 주마등처럼 꼬리를 물고 고집 센 나귀는 제멋대로 길을 헤치려 들지. 그렇건 말건 엉킨 꿈들을 다 해석할 무렵 나귀에서 내려 바투 고삐를 쥐고 비탈을 올라야 해, 그 길은 줄곧 오르막이니까. 턱밑까지 차오른 숨소리는 나무 군락을 헤치며 숲으로 흩어지고 풍성하던 햇살은 언제부턴가 시들어 서늘한 공기가 코끝을 스치지. 바위 등성이 뒤편엔 고스란히 지난 계절의 눈들이 쌓여 있어 계절감을 잃기 쉽고 길쭘하던 나뭇잎들의 생김새가 창끝처럼 날카로워질 즈음 이윽고 눈앞 가득 호수의 정경이 펼쳐지네. 몇 그루 나무 그림자를 수면에 드리운 호수. 투명한 물에 나귀가 다가가 목을 적시노라면 그걸 바라보는 동안 맘속을 누르던 것들은 온데간데없이 사라지고 이내 타고 온 나귀마저 사라지고 짙푸른 호수도 곧 시야에서 사라지고 말지. 세상에 그보다 고요한 곳은 없지만 일러주려 해도 그러기 어렵네. 애초에 맘 한편의 길이었을 뿐 그 끝자락에 일렁이는 호수 따위는 있지 않았지. 그렇지만 눈 감으면 그 오름길이 떠오르고 말 안 듣는 나귀는 어서 오르자며 짓궂게도 제 등을 내밀지.

—「나귀와 오름길과 호수」, 전문

이제 "고요"는 나귀와 오름길을 오르고 있는 '방랑자'인 화자이자 고독한 모든 이가 내려다본 호수의 풍경과도 닮아 있다. "아무도 쳐다보지 않을 때" 호수의 빛깔은 에메랄드빛으로 더욱 눈부시다. 그러나 그것은 너무 쓸쓸하다. 호수는 "지난 계절의 눈들이 쌓여 있어 계절감을 잃기 쉽고 길쯤하던 나뭇잎들의 생김새가 창끝처럼 날카로워질 즈음"에야 모습을 드러내 보이기 시작한다. 오히려 "아무도 쳐다보지 않을 때", "바투 고삐를 쥐고 등성이를 오를 때", 호수는, 나귀는, 오름길을 오르는 방랑자는, "고요에 닿는 가풀막"에 이른다.

열혈신도답게 그는 펜을 섬기며 각별히 받든다
그래서인가 순례자들이 몰려든 성지처럼 필통과 탁자 위가 펜들로 늘 북새통,
어딜 나서든 저들 중 하나를 품에 챙기는데
잊고 나갔다간 허둥거리며 집까지 돌아오기도 한다
억측하건대 숨이 멎지 않고서야 근절되지 못할 집착과 사치가 그에겐 펜,
근자엔 문구점을 들른 기억이 꽤 아스라한데

책상을 치우다가 딸아이의 것을 슬쩍 품기도 한다
하마터면 부녀간 소송으로 번질 뻔한 불미스런 사건이 그래서인즉,
제 것을 아끼며 챙기는 걸 보면 핏줄은 속일 수 없는 것인가
언제 재발할지 몰라 아이는 경계심을 늦추지 않는다
떠오르기론 재작년 가을이 떠나기 직전, 점검 차 동계용 등산배낭을 끌렀다가
한꺼번에 멀쩡한 펜 다섯 자루가 쏟아져 다물려 해도 기어이 탄성이 터지고야 말았으니
그날의 환희가 빼곡 일기장을 메웠음이 자명하다
혹, 이루지 못한 그의 꿈 하나가 펜 공장의 공장장이 아니었을까
그랬더라면 절대로 무뎌지지 않는 촉을 양산해 글쟁이들의 염원에 한껏 부응했으리라
한밤중에도 파수 보는 초병처럼 침대맡을 지켜선 저들,
드문 낭패는 잠들기 전 불을 끈 채로 뭔가를 끼적거리기도 하는데
이튿날 깨어보니 메모장 어디에도 아무 흔적이 보이지 않은 터
애석하나마 잉크가 다 된 펜은 뒤안길로 떠나가야 마땅하나
누가 그의 족적이 헛되었다고 지껄일 수 있으랴
어느 날 당신 책상에서 스프링이 망가진 펜 하나가 감쪽같이 달아났다면 펜의 신께서 거둬간 것으로 알라
홀연 그조차도 종적을 지우고 사라졌다면 그분 대업을

뒤따르는 것으로 기억하라

장엄하다 못해 숭고한 행렬의 선두,

펄럭거리는 펜의 깃대를 앞세우고 꼿꼿하게 전진하는 이가 그이리라.

—「펜」, 전문

결국 고요를 함께하는 것은 펜뿐이다. "펜"은 시인의 의식을 대표하는 사물이자 시인 자신이다. 위 시에서 연필 애호가로 알려진 시인이 딸아이의 펜을 탐하는 대목은 선배 시인이 후배 시인을 대하는 태도로도 읽힌다. 무릇 기성세대는 신세대의 언어 사용에 매료되어 경외감이 들기까지 하며, '펜' 탐닉은 선배 시인의 무뎌진 감각을 일깨우는 자극제가 되기도 한다. 한때 시인은 자타공인의 연필 애호가였으니 이제 무뎌진 연필 끝은 기계 활자에 밀려 뒤안길로 족적을 감추게 될 것이다. 그러므로 "펜의 깃대"는 시인으로서의 자긍심이 아직 남아 있다는 신호인 것이다. 펜은 여전히 칼보다 강하다는 믿음 아래에, 펜은 "꼿꼿하게 전진하는" 시인의 이름을 새겨줄 것이다.

알맞은 어느 저녁 당신께서 찾아오셨다. 손때 묻은 지팡이를 문가에 세우더니 나직이 저녁 한 끼를 청하셨다. 어디서 그런 겸양한 음성을 듣겠는가. 갑작스런 당신의 현현顯現에 식구들 모두가 크게 놀랐다. 그럼에도 아비가 침착히 나서 당신을 식탁으로 안내했다. 때마침 부엌의 화덕에서는 스튜 냄비가 괄게 끓어올랐고, 당신께서 막 앉자마자 실내의 등불이 환하게 타오르기 시작했다. 당신은 불빛이 어룽대는 식구들의 얼굴을 찬찬히 바라다보시곤 제일 수줍어하는 아이를 가리키며 나이와 이름을 물으셨다. 그러곤 붉게 달아오른 막내의 뺨을 어르며 가정의 화목을 축원하셨다. 허름한 식탁 위에 놓인 음식들은 기름지지 않아도 저마다 정갈했으며 질그릇 부딪는 소리가 이따금 창밖을 떠도는 바람 소리와 어울렸다. 어느덧 식사가 끝나갈 즈음 아비가 무거운 입을 열어 어디로 가시나이까, 하며 당신의 행로를 물었다. 당신께서는 갈릴리 호수 너머의 나사렛으로 향하는 길이라고 하셨다. 그러나 우리 마을에서 그곳까지는 얼마나 먼가. 더군다나 어두컴컴하게 밤이 깊어가고 있지 않은가. 그렇지만 당신께서는 우리의 만류를 뿌리치셨다. 이윽고 숙연한 저녁 기도를 마치고는 지팡이를 찾아 짚으셨다. 당신의 그윽한 눈동자 속에 애타게 그곳에서 기다리고 있는 이들이 내비쳤다. 아쉽게도 만남은 길지 않은 시간, 언제가 될지 훗날의 재회를 기약하기도 어려웠다. 컴컴한 바깥으로 향하는 당신께서는 아무것도 신지 않은 차가운 맨발이었다.

—「저녁의 신」, 전문

환한 낮보다는 '저녁'에, 격앙된 목소리보다는 '침묵'과 '고요'의 시간이, 시인에게는 수시로 찾아든다. 이학성 시인은 '회화'에서 영감을 얻어 그림 속 이야기를 시의 언어로 들려주는 특별하고도 남다른 능력을 지닌 시인이다.

위 시는 프리츠 폰 우데의 「식탁 기도」에 등장하는 가족들이 저녁을 위해 식탁으로 모여드는 그림으로 직관하여 읽는

'해 질 녘의 스토리'를 탄생시켰다. "저녁"은 가족이 모이는 시간이자 공간이 되고 있으며, "저녁의 신"은 기도를 관장하며 저녁의 모습을 경건하게 조망하고 있다. 그럴 것이다. 모든 '기도'는 저녁에 더욱, 간절하다.

이제껏 많은 것을 저녁의 신께 빚졌다. 과분하게도 그분께서 들어주지 않은 내 청은 없다. 지금 그분은 내 둘째 아이에게가 있다. 칠판 곁 구석 자리에서 아이가 하는 과외를 면밀히 살피는 중이다. 그러니 녀석의 설명이 핵심을 벗어나거나 사소한 채점 풀이라도 어긋날 리 있겠는가. 아까운 시간을 쪼개가며 녀석이 용돈을 벌어 제 교통비를 대고 전공 서적을 사며 거르지 않고 교내 식당에서 점심을 먹을 수 있는 것도 다 그분 덕이다. 며칠째 매섭게 한파가 몰아친들 그분께 드리는 기원이 경건하며 숙연할 수밖에 없다. 지금 창밖 가득 먹구름 떼가 몰려가는 걸 보니 어느 산골짜기에는 싸락눈이 내려 제법 쌓이리라. 먼 마을 외양간에서는 성자의 얼굴을 닮은 얼룩송아지가 태어나 검고 큰 눈망울을 휘둥글리리라. 난 그곳에도 그분이 당도했으리라 믿는다. 막 정류장에 멈춰선 마을버스, 외투 깃을 세우고 서둘러 걷는 행인들, 이 저녁 누군가가 돌아오고 있는 것도 당신의 마음 한 자락이 그분께 닿아 있는 까닭이다. 무얼 더 바라며 요구하려는가. 멀리서 울리는 종소리, 길모퉁이 상점마다 내건 낮고 희미한 등불, 아무리 곰곰 떠올려봐도 그분께서 오지 않은 저녁은 없다. 깊어갈수록 고요로 감싸주니 오늘 저녁도 든든하기만 하다.

—「저녁의 신」, 전문

표제작이기도 한 「저녁의 신」은 동일한 제목으로 모두 두 편이 수록되어 있는데 위 시는 4부에 소개된 같은 제목의 시이다. 나란히 읽어보면 이학성 시의 예술적 지평이 미술과 음악에 토대를 두고 있다는 점을 다시 상기하게 된다. 그의 특별한 문체와 시적 호흡, 이야기의 시적 차용 방식은 드러나지 않는 숨은 그림 찾기처럼 각각의 퍼즐이 나뉘어져 조각된 마음을 모아 읽어가면, 다다를 수 없는 언어의 운용에 자연스러운 쾌감이 스미고, 감춰진 마음들은 들킨 듯 들뜬 감정에 저절로 미끄러진다. '마음의 문장'이란 이런 것이 아닐까. 이야기가 깃든 그림처럼, 마음이 깃든 시의 문장이 이야기로 깨어난다.

이학성 시의 문체는 담담한 시어가 아니라 미끄러지는 마음의 문장으로 펼쳐진다. '침묵'처럼 들리지 않고, 보이지 않는 것마저도 시인은 마음의 문장으로 써 내려간다. 그림이 글이 되고, 음악이 활자로 다시 태어나는 순간에 다다른다. 마음의 문체가 완성된 시에 아로새겨진다.

그때 대륙을 지배한 건 원시의 열대우림이었다
바다는 푸른 물감을 엎지른 듯 쪽빛으로 넘실거렸다
생명이 물을 건너와 숲으로 들어갔다
탐스런 과육들은 발견하는 무리의 몫이었다
언어나 도구 따위가 필요했으랴
이념과 반목이 싹트고

우상과 종교가 거들먹거리거나
공장과 학교가 지어지고
전쟁과 혁명이 태동하려면 한참 더 기다려야 했기에
자연이 병들 일이 전무했다
호기심 가득한 우두머리가 어느 날
야자수 넝쿨을 건너뛰며 갔던 곳까지가 국경,
그 너머도 대자연이었고
대자연이 아니고는 거룩한 신들 외엔 누구도 발을 딛지 못했다
천국이 있다면 틀림없이 그곳을 닮았을 터,
번번이 걸음을 부추기는 건 막연한 상실감일까
아님 선불리 무장한 우월감일까
어쩌다 후드득 빗방울 떨어지는 날에는
문명의 최초 수혜자답게
접이우산을 펴들고 저들을 만나러 동물원으로 간다.

—「로랜드 고릴라」, 전문

결국 시인이 가꿔온 문장은 "거룩한 신들 외엔 누구도 발을 딛지 못"하는, 도저히 언어로는 당도하기 어려운, 마음의 거처에 근거지가 있다. 대자연의 표정을 닮은 "로랜드 고릴라"의 언어를 찾아서, 언어 이전의 언어인 침묵과 고요, 동물원 로랜드 고릴라를 만나러 접이우산을 들고 가는 그 마음에, 이학성 시의 원천이 깃들어 있는 것 같다. 호기심이 가득한 소년 같고, 저녁을 경배하는 구도자 같고, 최초의 언어를 찾아 나서는 결기의 시학을 한쪽 지팡이 끝에 얹어서

다지듯이 이학성 시의 문장은 그렇게 '예술가의 문장'을 찾아간다.

> 나의 길을 찾아 오래 헤매인 끝에
> 나를 찾아 오래 헤매이던 길과 만났다
>
> 사라져간 이들의 이름을 내가 부르면서
> 나는 가야 할 길이 제일 먼 길이었다
>
> —「달」, 『여우를 살리기 위해』, 전문

시인의 길은 여전히 밤하늘의 "달"을 따라가는 일처럼 "먼 길"이고, 그 먼 길을 떠나 저물녘까지 떠도는 것은 시인의 숙명이다. 첫 시집 이후부터 네 번째 시집인 『저녁의 신』에 이르기까지 이학성 시인은 여전히 언어 이전의 고전 음악에 귀 기울이고, 오래된 중세 회화를 탐닉하면서, 예술의 촉수를 세운 소년의 마음을 지닌 자로서의, 예술의 마지막 능선인 시의 길을 찾아서, 저 먼 고갯마루로 향할 것이다. 그는 시의 고갯마루로 사라짐으로써, 마침내 다시 영원할 것이다.

ⓒ 이학성, 2023

저녁의 신

초판 1쇄 발행 2023년 03월 16일
2쇄 발행 2023년 10월 30일

지은이 이학성
펴낸이 조기조

펴낸곳 도서출판 b
등 록 2003년 2월 24일 (제2006-000054호)
주 소 08772 서울시 관악구 난곡로 288 남진빌딩 302호
전 화 02-6293-7070(대) 팩시밀리 02-6293-8080
누리집 b-book.co.kr 전자우편 bbooks@naver.com

ISBN 979-11-92986-01-2 03810
값_12,000원

* 이 책 내용의 일부 또는 전부를 재사용하려면 저작권자와 도서출판 b 양측의 동의를 얻어야 합니다.
* 잘못된 책은 구입한 곳에서 교환해드립니다.